हिन्द पॉकेट बुक्स

अष्टावक्र गीता

अष्टावक्र रामायण काल के प्रसिद्ध और तेजस्वी मुनि थे। उन्हें उस समय के महान ज्ञानियों में गिना जाता है। मिथिला नरेश जनक के राजपंडित को अष्टावक्र ने शास्त्रार्थ में हराया था। राजा जनक की भी सभी शंकाओं का उन्होंने समाधान किया था। *अष्टावक्र गीता* उनकी एकमात्र चर्चित रचना है।

सत्यकाम विद्यालंकार प्रसिद्ध लेखक और यशस्वी संपादक थे। सत्यकाम जी अमर हुतात्मा स्वामी श्रद्धानंद जी के दोहते और पं. इन्द्र विद्यावाचस्पति के भानजे थे। गुरुकुल से स्नातक होने के बाद उन्होंने अपने मामाजी के साथ दैनिक *वीर अर्जुन* में संपादन का कार्य शुरू किया। बाद में वे *नवयुग*, *नवनीत* और *धर्मयुग* के संपादक भी रहे।

सत्यकाम जी का विवाह 1927 में अमर शहीद महाशय राजपाल जी की सुपुत्री सुमित्रा देवी से हुआ था। सत्यकाम जी ने कई दर्ज़न ग्रंथ लिखकर हिन्दी साहित्य की श्रीवृद्धि की है।

अष्टावक्र गीता

महर्षि अष्टावक्र

हिन्दी अनुवाद
सत्यकाम विद्यालंकार

पेंगुइन रैंडम हाउस इम्प्रिंट

हिन्द पॉकेट बुक्स

यूएसए | कनाडा | यूके | आयरलैंड | ऑस्ट्रेलिया | सिंगापुर
न्यू ज़ीलैंड | भारत | दक्षिण अफ्रीका | चीन

हिन्द पॉकेट बुक्स, पेंगुइन रैंडम हाउस ग्रुप ऑफ़ कम्पनीज़ का हिस्सा है,
जिसका पता global.penguinrandomhouse.com पर मिलेगा

पेंगुइन रैंडम हाउस इंडिया प्रा. लि.,
चौथी मंजिल, कैपिटल टावर -1, एम जी रोड,
गुड़गांव 122 002, हरियाणा, भारत

पेंगुइन
रैंडम हाउस
इंडिया

प्रथम हिन्दी संस्करण हिन्द पॉकेट बुक्स द्वारा 2014 में प्रकाशित
यह हिन्दी संस्करण हिन्द पॉकेट बुक्स में पेंगुइन रैंडम हाउस द्वारा 2021 में प्रकाशित

10 9 8 7 6 5 4 3 2

ISBN 9789353492519

मुद्रकः रेप्रो इंडिया लिमिटेड

www.penguin.co.in

क्रम

अष्टावक्र की जीवन कथा

महाभारत के एक सौ बत्तीसवें और एक सौ तैंतीसवें अध्यायों में अष्टावक्र की जीवन-कथा का वर्णन आता है। उसके अनुसार छांदोग्य उपनिषद में वर्णित एक ऋषि थे – आरुणि उद्दालक, वे 'तत्त्वमसि' महावाक्य के प्रणेता महर्षि थे। इन्हीं ने विद्वान ऋषि श्वेतकेतु को ब्रह्म-विद्या का विशेष ज्ञान प्रदान किया था। श्वेतकेतु इनके पुत्र थे। महर्षि उद्दालक के एक शिष्य थे ऋषि कहोड़, जिनकी सेवा से प्रसन्न होकर उन्होंने इन्हें शीघ्र हर सम्पूर्ण वेद-शास्त्रों का ज्ञान ही नहीं करा दिया, वरन् अपनी पुत्री सुजाता का विवाह भी ऋषि कहोड़ के साथ कर दिया।

सुजाता जब गर्भवती हुई, तो उसका गर्भस्थ शिशु अग्नि के समान तेजस्वी था। एक दिन उस गर्भस्थ शिशु के पिता ऋषि कहोड़ स्वाध्याय कर रहे थे, तो गर्भस्थ शिशु ने कहा, "पिता जी, आप दिन-रात वेद-पाठ करते हैं; फिर भी, आपका यह अध्ययन भली प्रकार शुद्ध उच्चारण युक्त नहीं हो पाता।" शिष्यों के बीच बैठे महर्षि कहोड़ यह उलाहना सुनकर अपमान का अनुभव करते हुए कुपित हो उठे और गर्भस्थ बालक को शाप देते हुए बोले, "अरे तू गर्भ में रहकर ऐसी टेढ़ी बातें बोलता है, इसलिए तू आठों अंगों से टेढ़ा हो जाएगा।"

इस शाप के फलस्वरूप बालक आठों अंगों से टेढ़ा पैदा हुआ, इसीलिए अष्टावक्र नाम से उसकी प्रसिद्धि हुई। महर्षि उद्दालक के पुत्र श्वेतकेतु उन्हीं की आयु के थे, अतः मामा-भानजे की शिक्षा साथ-साथ हुई। दोनों के गुरु महर्षि उद्दालक थे।

इससे पूर्व अष्टावक्र के प्रसवकाल के समय जब ऋषि कन्या सुजाता

ने अपने पति ऋषि कहोड़ से कहा कि बालक के जन्म के सन्दर्भ में धन की आवश्यकता होगी। धन-प्राप्ति के उद्देश्य से ऋषि कहोड़ राजा जनक के दरबार में गए। वहाँ राजपंडित बन्दी (सूत) से उन्हें शास्त्रार्थ करना पड़ा, जिसमें परास्त करके बन्दी ने उनको जल में डुबो दिया। जब महर्षि उद्दालक को यह समाचार मिला, तो उन्होंने अपनी पुत्री सुजाता को सबकुछ बताकर कहा कि बेटी अपने बच्चे से यह वृत्तान्त सदा ही गुप्त रखना। इस गोपनीयता के कारण अष्टावक्र जन्म के समय से ही महर्षि उद्दालक को अपना पिता समझते थे और श्वेतकेतु को जो उनके मामा थे, भाई मानते थे।

बारह वर्ष की आयु में जब अष्टावक्र महर्षि उद्दालक की गोद में (पुत्र के समान साधिकार) बैठे थे, तो श्वेतकेतु वहाँ आए और अष्टावक्र का हाथ पकड़कर खींचकर दूर ले गए और गोद से हटाकर बोले, "यह तेरे पिता की गोदी नहीं है।" इस घटना से दुःखित बालक अष्टावक्र ने अपनी माँ से हट करके पूछा, "मेरे पिता कहाँ हैं? नहीं बताओगी तो मैं शाप दूँगा।"

ऋषि बालक अष्टावक्र के प्रश्न से दुःखित और शाप के भय से घबराकर उनकी माँ सुजाता ने सारा रहस्य उनके सामने खोल दिया। इसे सुनकर बालक अष्टावक्र एक निश्चय के साथ अन्तः मन में कुपित एवं दुःखित हो उठे।

यह रहस्य जानकर अष्टावक्र ने श्वेतकेतु को जनक की सभा में चलने के लिए प्रेरित करते हुए कहा, "महाराजा जनक के यज्ञ में बहुत-सी आश्चर्यजनक बातें देखने में आती हैं। हम दोनों विद्वान ब्राह्मणों का शास्त्रार्थ सुनेंगे, उत्तम भोजन मिलेगा और हमारी प्रवचन शक्ति भी बढ़ेगी, ज्ञान की नई-नई बातें ज्ञात होंगी। हमें सुमधुर स्वरों में वेदांगों का कल्याणकारी घोष सुनने का अवसर भी मिलेगा।"

स्वयं ज्ञान-वान और नए-नए ज्ञान के प्रति जिज्ञासु होने के कारण श्वेतकेतु यह सुनकर राजा जनक के यज्ञ में चलने के लिए तैयार हो गए। तदानुसार मामा-भानजे दोनों राजा जनक के समृद्धिशाली यज्ञ में भाग लेने

के लिए चल पड़े। यज्ञ मंडप की ओर जाते समय मार्ग में ही उनकी राजा जनक से भेंट हो गई। उस समय राज सेवक जब उन्हें मार्ग में हटने को कहने लगे, तो अष्टावक्र बोले, "जब तक ब्राह्मण का सामना न हो, तब तक अन्धे का मार्ग, बहरे का मार्ग, स्त्री का मार्ग, बोझ ढोने वाले का मार्ग तथा राजा का मार्ग, उसके जाने के लिए छोड़ देना चाहिए। परंतु यदि ब्राह्मण मिल जाय तो सबसे पहले उसी को मार्ग देना चाहिए।"

यह सुनकर राजा जनक ने मार्ग छोड़ दिया और कहा कि "आग कभी छोटी नहीं होती। देवराज इन्द्र भी सदा ब्राह्मणों के आगे मस्तक झुकाते हैं।"

इसके बाद यज्ञ के द्वार पर द्वारपाल ने कहा कि "हम पंडितराज बन्दी के आज्ञा पालक हैं। उनकी आज्ञानुसार इस यज्ञ में बालक ब्राह्मण प्रवेश नहीं कर सकते। जो वयोवृद्ध और बुद्धिमान ब्राह्मण हैं, उन्हीं का यहाँ प्रवेश हो सकता है।"

इस पर अष्टावक्र ने कहा कि हम लोग वृद्ध ही हैं, क्योंकि हमने ब्रह्मचर्य का पालन किया है तथा हम वेदों के प्रभाव से भी संपन्न हैं। हम गुरुजनों के सेवक जितेन्द्रिय तथा ज्ञान-शास्त्र में भी परिनिष्ठित हैं। अवस्था में बालक होने के कारण ही किसी ब्राह्मण को अपमानित करना उचित नहीं बताया गया है। आग की छोटी सी भी चिनगारी यदि छू जाय, तो वह जला डालती है। अधिक वर्षों की अवस्था होने, बाल पकने, धन बढ़ जाने और अधिक भाई-बन्धु हो जाने से ही कोई बड़ा नहीं हो जाता है। मैं राज सभा में पंडित राज बन्दी से मिलने आया हूँ। आज तुम हमें शास्त्रार्थ करते देखोगे और बन्दी को परास्त हुआ पाओगे।"

द्वारपाल के संकेत करने पर उन्होंने राजा जनक से कहा, "मैं अद्वैत ब्रह्म के विषय में अपने विचार रखने आया हूँ। बन्दी नामक वे प्रसिद्ध विद्वान कहाँ हैं? मैं उनसे मिलकर उनके तेज को उसी प्रकार शान्त कर दूँगा, जिस प्रकार सूर्य तारागण की ज्योति विलुप्त कर देता है।"

राजा जनक ने कहा, "ब्राह्मण कुमार, तुम अपने विपक्षी की प्रवचन-शक्ति

को जाने बिना ही, बन्दी को जीतने की इच्छा रखते हो। जो प्रतिवादी के बल को नहीं जानते, वे ही ऐसी बातें कह सकते हैं। वेदों का अनुशीलन करनेवाले बहुत से ब्राह्मण बन्दी का प्रभाव देख चुके हैं।"

उत्तर में अष्टावक्र ने कहा कि "महाराज बन्दी को हम जैसों से शास्त्रार्थ करने का अवसर नहीं मिला है, इसीलिए वह सिंह बना हुआ है। आज जब मुझसे भेंट होगी, तो वह रास्ते से टूटे छकड़े की भाँति पड़ा रह जाएगा।"

इस पर राजा जनक ने परीक्षा लेने के उद्देश्य से कहा, "जो पुरुष तीस अवयव बारह अंश, चौबीस पर्व और तीन सौ साठ अरोंवाले पदार्थ को जानता है, उसके प्रयोजन को समझता है, वह उच्चकोटि का ज्ञानी है।"

इसके उत्तर मे अष्टावक्र बोले, "महाराज जिसमें बारह अमावस्या, बारह पूर्णिमा रूपी चौबीस पर्व, ऋतु रूपी छः नाभि, मास रूप बारह अंश और दिन रूप तीन सौ साठ अरे हैं, वह निरंतर घूमने वाला संवत्सर रूप कालचक्र आपकी रक्षा करे।"

इसके बाद में और भी अनेक गूढ़ प्रश्न पूछे, जिनके अष्टावक्र ने सटीक उत्तर दिए। तब जनक ने कहा, "ब्राह्मण, आपकी शक्ति तो देवताओं के समान है। मैं आपको मनुष्य नहीं मानता। आप बालक भी नहीं हैं। मैं तो आपको वृद्ध ही समझता हूँ। वाद-विवाद करने में आपके समान दूसरा नहीं, अतः आपको यज्ञ मंडप में जाने के लिए द्वार प्रदान करता हूँ।"

तदनन्तर अष्टावक्र ने बन्दी के प्रश्नों के उत्तर दिए और आधे श्लोक को पूरा करके बन्दी को परास्त कर दिया। इस पर राजा जनक ने शास्त्रार्थ के नियम के अनुसार अष्टावक्र को ही यह बताने के लिए कहा कि बन्दी को किस प्रकार प्राण दंड दिया जाय। अष्टावक्र ने यह निर्णय स्वयं बन्दी पर छोड़ दिया।

बन्दी ने बताया कि वह राजा वरुण का पुत्र है। अपने (वरुण के) यहाँ

भी आपके इस यज्ञ के समान बारह वर्षों में पूर्ण होनेवाला यज्ञ हो रहा है। उस यज्ञ को सम्पन्न करने के लिए मैंने (जल में डुबाने के बहाने) कुछ चुने हुए ब्राह्मणों को वरुण लोक भेज दिया था और अब वे सब पुनः लौटकर आ रहे हैं। मैं पूज्य ब्राह्मण कुमार अष्टावक्र जी का सत्कार करता हूँ, जिनके कारण मेरा अपने पिता जी से मिलना संभव होगा।"

बन्दी के दंडित किए जाने से पूर्व महात्मा वरुण द्वारा पूजित हुए, वे सभी ब्राह्मण जो बन्दी द्वारा डुबाकर मारे गए थे, सहसा राजा जनक के समीप प्रकट हो गए। बन्दी स्वयं समुद्र जल में समा गया। बन्दी पर विजय पाकर अपने पिता और मामा के साथ अष्टावक्र अपने नाना महर्षि उद्दालक के आश्रम में लौट आए।

बाद में अष्टावक्र के पिता कहोड़ ऋषि ने अपनी पत्नी के पास अष्टावक्र को बुलाया और कहा, "बेटा तुम शीघ्र ही इस 'समंगा' नदी में स्नान के लिए प्रवेश करो।" पिता की आज्ञानुसार जल में प्रवेश करते समय जल का स्पर्श होते ही उनके सभी अंग सीधे हो गए। इसी से समंगा नदी पुण्यी हो गई।

अष्टावक्र और उद्दालक-नन्दन श्वेतकेतु दोनों महर्षि समस्त भूमंडल के वेद-वेत्ताओं में श्रेष्ठ थे। महर्षि श्वेतकेतु मन्त्र शास्त्र में अत्यंन्त निपुण थे। कहते हैं कि उन्होंने मानव रूप धारिणी सरस्वती देवी का प्रत्यक्ष दर्शन किया था और अपने समीप आई सरस्वती से प्रार्थना की थी कि "मैं वाणी स्वरूपा आपके तत्व को यथार्थ रूप में जानना चाहता हूँ।" उसी के फलस्वरूप वह निष्णात विद्वान बने।

अष्टावक्र वाद-विवाद में बड़े कुशल थे। वह आत्मज्ञान में भी बड़े निपुण और योग-विद्या में भी प्रवीण थे। मार्ग में जब राजा जनक मिले थे, तो उनके वक्र रूप, कुरूपता से राजा के चित्त में घृणा भाव भी उदित हुआ था। अष्टावक्र ने अपनी आत्म-विद्या के बल पर राजा के मन की घृणा को पहचान लिया और ज्ञान का उत्तम अधिकारी जानकर कहा, "हे राजन मंदिर के टेढ़ा होने से आकाश टेढ़ा नहीं होता और मंदिर के गोल किंवा लम्बा होने पर आकाश गोल अथवा लम्बा नहीं होता। कारण स्पष्ट

है कि आकाश का मंदिर के साथ कोई सम्बन्ध नहीं है। आकाश निरवयव है और मंदिर सावयव है। इसी प्रकार आत्मा का भी शरीर के साथ कोई सम्बन्ध नहीं है, क्योंकि आत्मा निरवयव है और शरीर सावयव। आत्मा नित्य है और शरीर अनित्य है। शरीर के वक्र आदि धर्म आत्मा में कदापि नहीं आ सकते। हे राजन! ज्ञानवान को आत्मदृष्टि रहती है। और अज्ञानी की धर्म-दृष्टि। अतः आप धर्म-दृष्टि त्याग करके आत्मदृष्टि से देखोगे, तो चित्त से घृणा दूर हो जाएगी। धर्म-दृष्टि से अज्ञानी देखते हैं, ज्ञानवान नहीं।"

ऋषि के इन अमृत वचनों को सुनकर राजा जनक के मन में आत्म-ज्ञान प्राप्त करने की उत्कट इच्छा हुई। उन्होंने ऋषि को अपने निवास पर कुछ दिन रहकर उपदेश करने की प्रार्थना की, जिससे अपने चित्त के सन्देहों को दूर कर सकें। ऋषि ने राजा की प्रार्थना स्वीकार कर ली। उस अवसर पर राजा जनक और ऋषि अष्टावक्र जी में जो प्रश्नोत्तर हुए वही अष्टावक्र गीता है, जिससे राजा के अज्ञान का निराकरण हुआ और चित्त आत्म-स्वरूप में स्थित हुआ।

अष्टावक्र की चमत्कृत बाल बुद्धि

अष्टावक्र गीता का महत्व युगों-युगों से आज तक उतना ही है, जितना की श्रीमद्‌भगवद्‌गीता का है। दोनों ही ग्रंथ अत्यंत महान हैं और दोनों का अपना अलग-अलग महत्व है, इसलिए दोनों की आपस में तुलना करना कतई संभव नहीं है। हाँ यहाँ एक बात विचारणीय है कि अष्टावक्र ने अपनी गीता अत्यंत कम आयु में लिखी थी, जबकि महर्षि वेदव्यास ने गीता की रचना जीवन के सौ से अधिक वसंत देखने के बाद की थी। इसलिए देखा जाए तो अष्टावक्र की गीता का महत्व और लेखन शैली उत्कृष्ट होने के साथ-साथ एक बालक द्वारा प्रणीत होने के कारण और भी अधिक महत्वपूर्ण हो जाती है।

लेकिन कई विदेशी और देशी विद्वान शंका करते हैं कि अष्टावक्र भला इतनी कम आयु में विद्वान कैसे हो सकता था? इसमें कहीं कल्पना का अंश तो नहीं! लेकिन इस शंका का समाधान है कि अष्टावक्र की कहानी भी उतनी ही सच्ची है, जितनी उसकी गीता की आध्यात्मिक शक्ति। क्या अर्जुन के पुत्र अभिमन्यु ने गर्भ में ही युद्ध विद्या का मर्म नहीं जान लिया था, उन्हें उस चक्रव्यूह रचना को भी गर्भ में ही सीख लिया था, जिसे बड़े-बड़े विद्वान नहीं समझ पाए थे और आज भी नहीं समझते। लेकिन कई लोग यहाँ भी शंका करते हैं कि कहीं अभिमन्यु की कहानी कपोल-कल्पित तो नहीं? हमारा उत्तर है कि यह कहानी भी सत्य है। फिर भी यदि किसी प्रमाण की आवश्यकता हो तो आज सारी दुनिया एक बालक को जानती है, जिसका नाम है चाणक्य पंडित! हरियाणा के पौने पाँच वर्ष के बालक ने सदी के महानायक अमिताभ बच्चन की कौन बनेगा करोड़पति में उनके सवालों के जवाब दे-देकर बोलती तक बंद कर दी थी। इतना ही नहीं यह बालक कई टीवी चैनलों पर दीपक चौरसिया

और अन्य वरिष्ठ पत्रकारों के एक के बाद एक सवालों जवाब धारा प्रवाह देता चला गया और अक्टूबर 2013 में अनेक चैनलों ने इस बालक पर विशेष कार्यक्रम दिखाए, जिससे इसकी अति विशिष्ट मेधा का पता चलता है। विश्व के भूगोल की कोई ऐसी बात नहीं, जो इस बालक को पता न हो और यह मात्र पौने पाँच साल का है और कक्षा एक का छात्र है। राजनीति, अर्थशास्त्र और विश्व अर्थव्यवस्था का विस्तृत ज्ञान रखने और इनके बारे में बड़ी सहजता से सवालों के जबाव देने वाला पाँच साल का यह बालक आजकल लोगों को अचंभित कर रहा है। वह इसकी वजह से काफी मशहूर भी हो गया है।

सोनीपत में जन्मे और करनाल की घरौंदा उप तहसील के कोहांद गाँव के रहने वाले कौटिल्य पंडित नाम के इस बच्चे की आसाधारण प्रतिभा हाल में सामने आई है। वह अलग अलग देशों की जनसंख्या, उसकी जीडीपी, संस्कृति, धरोहर और अन्य चीजों सहित कई विषयों पर पूछे गए सवालों का जबाव याददाश्त के दम पर देता है और 2013 के दौरान इसी वजह से एक से दूसरे टीवी स्टूडियो जाने में व्यस्त देखा जा सकता था।

पहली कक्षा में पढ़ने वाले और मीडिया द्वारा 'मेमोरी प्रिंस' करार दिए गए कौटिल्य ने पीटीआई को बताया, ''मुझे किताबें पढ़ना अच्छा लगता है, वे दिलचस्प होती हैं। मैं अपने देश और विश्व के बारे में सब कुछ जानना चाहता हूँ।''

इस बालक के उदाहरण के बाद आप आसानी से स्वीकार कर सकते हैं कि अष्टावक्र की कहानी भी उतनी ही सत्य है, जितनी कौटिल्य पंडित की। एक आज हमारे सामने है और दूसरा युगों पहले इस भारत वर्ष की पवित्र भूमि पर हो चुका है।

अष्टावक्र अद्वैत वेदान्त के महत्वपूर्ण ग्रन्थ अष्टावक्र गीता के ऋषि हैं। इनके जीवन के बारे में चर्चा करें तो उद्दालक ऋषि के पुत्र का नाम श्वेतकेतु था। उद्दालक ऋषि के एक शिष्य का नाम कहोड़ था। कहोड़ को सम्पूर्ण वेदों का ज्ञान देने के पश्च्चात् उद्दालक ऋषि ने उसके साथ

अपनी रूपवती एवं गुणवती कन्या सुजाता का विवाह कर दिया। कुछ दिनों के बाद सुजाता गर्भवती हो गई। एक दिन कहोड़ वेदपाठ कर रहे थे, तो गर्भ के भीतर से बालक ने कहा, "पिताजी! आप वेद का गलत पाठ कर रहे हैं।"

यह सुनते ही कहोड़ क्रोधित होकर बोले, "तू गर्भ से ही मेरा अपमान कर रहा है, इसलिए तू आठ स्थानों से वक्र (टेढ़ा) हो जाएगा।"

"मगर पिताजी इसमें मेरी क्या गलती है, जो मुझे शाप दे डाला?" मासूम गर्भस्थ बालक ने प्रश्न किया तो पिता शांत तो हो गया था, लेकिन उन्होंने कहा, "कोई गलती नहीं, लेकिन तुमने पिता का अपमान किया है।"

"लेकिन कोई अपने ही पुत्र को शाप देता है क्या?"

"तो क्या करूँ वरदान दूँ तुमको!" पिता और क्रोधित हो गया, तो बालक को शांत होना ही पड़ा था।

हठात् एक दिन कहोड़ राजा जनक के दरबार में जा पहुँचे। वहाँ बंदी से शास्त्रार्थ में उनकी हार हो गई। हार हो जाने के फलस्वरूप उन्हें जल में डुबा दिया गया। इस घटना के बाद अष्टावक्र का जन्म हुआ। पिता के न होने के कारण वह अपने नाना उद्दालक को अपना पिता और अपने मामा श्वेतकेतु को अपना भाई समझता था।

एक दिन जब वह उद्दालक की गोद में बैठा था, तो श्वेतकेतु ने उसे अपने पिता की गोद से खींचते हुए कहा, "हट जा तू यहाँ से।"

"क्यों हटूँ मैं यहाँ से?"

"यह तेरे पिता का गोद नहीं है।"

अष्टावक्र को यह बात अच्छी नहीं लगी और उन्होंने तत्काल अपनी माता के पास आकर अपने पिता के विषय में पूछताछ की। माता ने अष्टावक्र को सारी बातें सच-सच बता दीं।

अपनी माता की बातें सुनने के पश्चात् बालक अष्टावक्र अपने मामा

श्वेतकेतु के साथ बंदी से शास्त्रार्थ करने के लिये राजा जनक के यज्ञशाला में पहुँचे। वहाँ द्वारपालों ने उन्हें रोकते हुए कहा कि यज्ञशाला में बच्चों को जाने की आज्ञा नहीं है।

इस पर अष्टावक्र बोले, "अरे द्वारपाल! केवल बाल सफेद हो जाने या अवस्था अधिक हो जाने से कोई बड़ा आदमी नहीं बन जाता, जिसे वेदों का ज्ञान हो और जो बुद्धि में तेज हो वही वास्तव में बड़ा होता है।" इतना कहकर वे राजा जनक की सभा में जा पहुँचे और बंदी को शास्त्रार्थ के लिये ललकारा।

राजा जनक ने अष्टावक्र की परीक्षा लेने के लिये पूछा, "वह पुरुष कौन है, जो तीस अवयव, बारह अंश, चौबीस पर्व और तीन सौ साठ अक्षरों वाली वस्तु का ज्ञानी है?"

राजा जनक के प्रश्न को सुनते ही अष्टावक्र बोले, "राजन्! चौबीस पक्षों वाला, छः ऋतुओं वाला, बारह महीनों वाला तथा तीन सौ साठ दिनों वाला संवत्सर आपकी रक्षा करे।" अष्टावक्र का सही उत्तर सुनकर राजा जनक ने फिर प्रश्न किया, "वह कौन है जो सुप्तावस्था में भी अपनी आँख बन्द नहीं रखता? जन्म लेने के उपरान्त भी चलने में कौन असमर्थ रहता है? कौन हृदय विहीन है? और शीघ्रता से बढ़ने वाला कौन है?"

अष्टावक्र ने उत्तर दिया, "हे जनक! सुप्तावस्था में मछली अपनी आँखें बन्द नहीं रखती। जन्म लेने के उपरान्त भी अंडा चल नहीं सकता। पत्थर हृदयहीन होता है और वेग से बढ़ने वाली नदी होती है।"

अष्टावक्र के उत्तरों को सुनकर राजा जनक प्रसन्न हो गए और उन्हें बंदी के साथ शास्त्रार्थ की अनुमति प्रदान कर दी।

बंदी ने अष्टावक्र से कहा, "एक सूर्य सारे संसार को प्रकाशित करता है, देवराज इन्द्र एक ही वीर हैं तथा यमराज भी एक है।"

अष्टावक्र बोले, "इन्द्र और अग्निदेव दो देवता हैं। नारद तथा पर्वत दो देवर्षि हैं, अश्वनीकुमार भी दो ही हैं। रथ के दो पहिये होते हैं और पति-पत्नी दो सहचर होते हैं।"

बंदी ने कहा, "संसार तीन प्रकार से जन्म धारण करता है। कर्मों का प्रतिपादन तीन वेद करते हैं। तीनों काल में यज्ञ होता है तथा तीन लोक और तीन ज्योतियाँ हैं।"

अष्टावक्र बोले, "आश्रम चार हैं, वर्ण चार हैं, दिशाएँ चार हैं और ओंकार, आकार, उकार तथा मकार ये वाणी के प्रकार भी चार हैं।"

बंदी ने कहा, "यज्ञ पाँच प्रकार के होते हैं, यज्ञ की अग्नि पाँच हैं, ज्ञानेन्द्रियाँ पाँच हैं, पंच दिशाओं की अप्सरायें पाँच हैं, पवित्र नदियाँ पाँच हैं तथा पंक्ति छंद में पाँच पद होते हैं।"

अष्टावक्र बोले, "दक्षिणा में छः गौएँ देना उत्तम है, ऋतुएँ छः होती हैं, मन सहित इन्द्रयाँ छः हैं, कृतिकाएँ छः होती हैं और साधस्क भी छः ही होते हैं।"

बंदी ने कहा, "पालतू पशु सात उत्तम होते हैं और वन्य पशु भी सात ही, सात उत्तम छंद हैं, सप्तर्षि सात हैं और वीणा में तार भी सात ही होते हैं।"

अष्टावक्र बोले, "आठ वसु हैं तथा यज्ञ के स्तम्भक कोण भी आठ होते हैं।"

बंदी ने कहा, "पितृ यज्ञ में समिधा नौ छोड़ी जाती है, प्रकृति नौ प्रकार की होती है तथा वृहती छंद में अक्षर भी नौ ही होते हैं।"

अष्टावक्र बोले, "दिशाएँ दस हैं, तत्वज्ञ दस होते हैं, बच्चा दस माह में होता है और दहाई में भी दस ही होता है।"

बंदी ने कहा, "ग्यारह रुद्र हैं, यज्ञ में ग्यारह स्तम्भ होते हैं और पशुओं की ग्यारह इन्द्रियाँ होती हैं।"

अष्टावक्र बोले, "बारह आदित्य होते हैं बारह दिन का प्रकृति यज्ञ होता है, जगती छंद में बारह अक्षर होते हैं और वर्ष भी बारह मास का ही होता है।"

बंदी ने कहा, "त्रयोदशी उत्तम होती है, पृथ्वी पर तेरह द्वीप हैं...

इतना कहते कहते बंदी श्लोक की अगली पंक्ति भूल गए और चुप हो गए। इस पर अष्टावक्र ने श्लोक को पूरा करते हुए कहा, ''वेदों में तेरह अक्षर वाले छंद अति छंद कहलाते हैं और अग्नि, वायु तथा सूर्य तीनों तेरह दिन वाले यज्ञ में व्याप्त होते हैं।''

इस प्रकार शास्त्रार्थ में बंदी की हार हो जाने पर अष्टावक्र ने कहा, ''राजन्! यह हार गया है, अतएव इसे भी जल में डुबो दिया जाए।''

तब बंदी बोला, ''हे महाराज! मैं वरुण का पुत्र हूँ और मैंने सारे हारे हुए ब्राह्मणों को अपने पिता के पास भेज दिया है। मैं अभी उन सबको आपके समक्ष उपस्थित करता हूँ।'' बंदी के इतना कहते ही बंदी से शास्त्रार्थ में हार जाने के बाद जल में डुबोए गए सार ब्राह्मण जनक की सभा में आ गए, जिनमें अष्टावक्र के पिता कहोड़ भी थे।''

अष्टावक्र ने अपने पिता के चरणस्पर्श किए। तब कहोड़ ने प्रसन्न होकर कहा, ''पुत्र! तुम जाकर समंगा नदी में स्नान करो, उसके प्रभाव से तुम मेरे शाप से मुक्त हो जाओगे।''

तत्पश्चात् अष्टावक्र ने इस स्थान में आकर समंगा नदी में स्नान किया और उसके सारे वक्र अंग सीधे हो गए।

अष्टावक्र ने बहुत सारे विद्वता पूर्ण दृष्टांत, आध्यात्मिक संवाद और शरीर की नश्वरता पर अकाट्य संवाद रखे, जो उनकी विद्वता का प्रमाण हैं। उनके द्वारा राजा जनक को सुझाए मार्ग और उन दोनों के बीच हुए विद्वतापूर्ण संवादों के संकलन को अष्टावक्र संहिता या अष्टावक्र गीता के नाम से जाना जाता है। यह ग्रंथ अपने आप में अत्यंत महान एवं अनुपम है, इसकी तुलना संसार के किसी भी आध्यात्मिक ग्रंथ से नहीं की जा सकती। भारत का एक मासूम बालक भी कितना ज्ञानी और बुद्धिमान हो सकता है, यह बात इस ग्रंथ को पढ़कर ठीक उसी प्रकार सिद्ध हो जाती है, जिस प्रकार लोगों ने चाणिक्य पंडित को टीवी पर उसके द्वारा शंका समाधान करते समय दाँतों तले अंगुली दबाई होगी।

– तेजपाल सिंह धामा

अष्टावक्र का विवाह

एक बार महर्षि, अष्टावक्र महर्षि वदान्य की कन्या के रूप पर मोहित हो गए। उन्होंने उसके पिता के पास जाकर उस कन्या के साथ विवाह करने की इच्छा प्रकट की। तब महर्षि वदान्य ने मुस्कराते हुए अष्टावक्र से कहा, "पुत्र! मैं अवश्य तुम्हारी इच्छा पूरी करूँगा और तुम्हारे साथ ही अपनी कन्या का पाणिग्रहण करूँगा, लेकिन इसके लिए तुम्हें मेरी एक आज्ञा माननी पड़ेगी।"

अष्टावक्र ने कौतूहल से पूछा, "वह क्या महर्षि?"

महर्षि वदान्य ने कहा, "तुम्हें उत्तर दिशा में जाना होगा। अलकापुरी और हिमालय पर्वत के आगे जाने पर तुम्हें कैलाश पर्वत मिलेगा। वहाँ महादेव जी अनेक सिद्ध चारण, भूत-पिशाच गणों के साथ विचरण करते हैं। उस स्थान के पूर्व और उत्तर की ओर छहों ऋतुएँ, काल, रात्रि, देवता और मनुष्य आदि महादेव जी की उपासना किया करते हैं। इस स्थान को लाँघने के बाद तुम्हें मेघ के समान एक नीला वन मिलेगा। उस स्थान पर एक वृद्धा तपस्विनी रहती है। तुम उसके दर्शन करके लौट आना। मैं उसी क्षण अपनी पुत्री का विवाह तुम्हारे साथ कर दूँगा।"

अष्टावक्र ने महर्षि वदान्य की बात स्वीकार कर ली और यात्रा के लिए चल पड़े। पहले तो वे हिमालय पर्वत पर पहुँचे और वहाँ धर्मदायिनी बाहुदा नदी के पवित्र जल में स्नान और देवताओं का तर्पण करके उसी पवित्र स्थान पर कुशासन बिछाकर विश्राम करने लगे। वहीं रात भर सुखपूर्वक सोये। वहीं प्रातःकाल अग्नि प्रज्ज्वलित करके उन्होंने यज्ञ किया। वहीं पास में एक तालाब था, जहाँ शिव-पार्वती की मूर्ति थी। अष्टावक्र ने मूर्ति के दर्शन किये और फिर अपनी यात्रा पर चल दिए।

चलते-चलते वे कुबेर की नगरी में पहुँचे। उसी समय मणिभद्र के पुत्र रक्षक राक्षसगण के साथ उधर आए। ऋषि ने उन्हें देखकर कहा, "हे भद्र! आप जाकर कुबेर को मेरे आने की सूचना दे दें।"

मणिभद्र ने कहा, "महर्षि, आपके आने का समाचार तो भगवान कुबेर को पहले ही प्राप्त हो चुका है। वे स्वयं आपका समुचित सत्कार करने के लिए आ रहे हैं।"

कुबेर ने आकर महर्षि अष्टावक्र का स्वागत किया और उन्हें अपने भवन में ले गया। आमोद-प्रमोद के कितने ही साधन ऋषि के चित्त को प्रसन्न करने के लिए जुटाए गए। गन्धर्वों ने मधुर कण्ठ से गीत गाए। अप्सराएँ नाचीं और चारों ओर तरह-तरह के वाद्यों की ध्वनि से पूरा प्रासाद मस्ती से भर गया।

तपस्वी अष्टावक्र इसी तरह के आमोद-प्रमोद से घिरे हुए एक वर्ष तक कुबेर के यहाँ रुके रहे। फिर उन्हें महर्षि वदान्य की आज्ञा की याद आई और उन्होंने कुबेर से चलने की आज्ञा माँगी। कुबेर ने और ठहरने का ऋषि से काफी आग्रह किया, लेकिन अष्टावक्र अपनी यात्रा पर चल पड़े।

वे कैलास, मन्दर और सुमेरु आदि अनेक पर्वतों को लाँघकर किरातरूपी महादेव के स्थान की प्रदक्षिणा करके उत्तर दिशा की ओर चल पड़े। कुछ ही आगे जाने पर एक सुन्दर वन उन्हें दिखाई दिया। उस वन में एक दिव्य आश्रम था। उस आश्रम के पास अनेक रत्नों से विभूषित पर्वत, सुन्दर तालाब और तरह-तरह के सुन्दर पदार्थ थे। देखने में वह कुबेर की नगरी से भी कहीं अधिक शोभायमान दीख पड़ता था। वहीं अनेक प्रकार के सोने और मणियों के पर्वत दिखाई देते थे, जिन पर सोने के विमान रखे हुए थे। मन्दार के फूलों से अलंकृत मन्दाकिनी कलकल निनाद करती हुई बह रही थी। चारों ओर मणियों की जगमगाहट से उस दिव्य वन की कल्पना श्री से ऊँची उठ जाती थी, लेकिन उसकी समता कहीं भी मस्तिष्क खोज नहीं पाता था।

अष्टावक्र यह देखकर आश्चर्यचकित-से खड़े थे। वे सोच रहे थे कि

यहीं ठहर कर आनन्द से विचरण करना चाहिए। इससे अधिक सुख और ऐश्वर्य और कहाँ मिल सकता है? अब वे अपने लिए एक उपयुक्त स्थान ढूँढने लगे। और बढ़कर उन्होंने देखा कि यह तो एक पूरा नगर है। इस नगर के द्वार पर जाकर उन्होंने पुकारकर कहा, "मैं अतिथि हूँ। इस नगर के प्राणी मेरा उचित स्वागत करें।"

उसी समय द्वार से सात परम सुन्दरी कन्याएँ अतिथि के स्वागत के लिए निकल आयीं। वे कन्याएँ इतनी अधिक सुन्दर थीं कि उन्हें देखकर अष्टावक्र ठगे-से खड़े हो गए। जिसकी तरफ आँख उठाकर देखते उसे ही देखते रह जाते। इस तरह कुछ देर तक कामदेव ने ऋषि के अन्तर में कोलाहल-सा मचा दिया। वे कामावेश में आकर उन सुन्दरियों की ओर देखने लगे लेकिन फिर उन्होंने अपने तपोबल से अपने मन को वश में कर लिया।

उन सुन्दरियों ने कहा, "आइए भगवन! पधारिए। हम आपका स्वागत करती हैं।"

महर्षि एक भव्य प्रासाद के अन्दर चले गए। वहाँ उन्हें सामने ही एक वृद्धा बैठी मिली। वह स्वच्छ वस्त्र पहने थी और उसके शरीर पर अनेक तरह के आभूषण थे। महर्षि को देखते ही वह वृद्धा उठकर खड़ी हो गई और उनका समुचित स्वागत करके बैठ गई। महर्षि भी वहीं पास में बैठ गए। उन्होंने उन सुन्दरी कन्याओं की तरफ बढ़कर कहा, "हे कन्याओ! तुममें से जो बुद्धिमती और धैर्यवती हो वही यहाँ रहे, बाकी सब यहाँ से चली जाएँ।"

एक को छोड़कर सभी कन्याएँ वहाँ से चली गईं। वृद्धा वहीं बैठी रही। रात होने पर महर्षि के लिए एक स्वस्थ शैया की व्यवस्था कर दी गई। जब महर्षि सोने लगे तो उन्होंने उस वृद्धा से भी जाकर अपनी शैया पर सोने के लिए कहा। उनके कहने पर वृद्धा अपनी शैया पर जाकर लेट गई।

रात्रि का एक ही प्रहर बीता होगा कि वृद्धा जाड़े का बहाना करती

हुई काँपती हुई महर्षि की शैया पर आ लेटी। महर्षि अष्टावक्र ने आदर के साथ उसे लेट जाने दिया। थोड़ी देर बाद ही वह वृद्धा कामातुर होकर अष्टावक्र के शरीर का आलिंगन करने लगी। यह देखकर महर्षि काष्ठ के समान कठोर और निर्विकार पड़े रहे।

अष्टावक्र को इस तरह अविचलित देखकर वृद्धा ने कहा, "हे भगवन्! पुरुष के शरीर का स्पर्श करने मात्र से ही स्त्री के अंग-अंग में कामोद्दीपन हो उठता है। स्त्री उस समय किसी तरह अपने मन को अपने वश में नहीं रख सकती। यही उसका स्वभाव है। इसलिए आपके शरीर से स्पर्श के कारण मैं काम-पीड़ा में जल रही हूँ। अब आप मेरे साथ रमण करके मेरी इच्छा को पूर्ण कीजिए।

"हे ऋषि! मैं जीवन भर आपकी कृतज्ञ रहूँगी। यही आपकी तपस्या का अभीष्ट फल है। मेरी यह सारी सम्पत्ति आपकी ही है। आप यहीं मेरे पास रहिए। देखिए, हम यहाँ लौकिक और अलौकिक अनेक प्रकार के सुख भोगते हुए रहेंगे।

"हे नाथ! अब इस तरह मेरा तिरस्कार न कीजिए, क्योंकि इससे मेरी आत्मा को बड़ा कष्ट पहुँचेगा। पुरुष-संसर्ग से बढ़कर स्त्रियों के लिए श्रेष्ठ सुख नहीं है। काम से पीड़ित होकर स्त्रियाँ स्वेच्छाचारिणी हो जाती हैं। उस समय तपी हुई बालू पर या कठोर शीत में विचरण करने से भी उनको तनिक भी कष्ट नहीं होता। आप किसी भी तरह मेरी अतृप्त कामना को तृप्त कीजिए।"

वृद्धा की प्रार्थना सुनकर अष्टावक्र बोले, "हे देवी! मैं एक तपस्वी हूँ और बचपन से अभी तक पूर्ण रूप से ब्रह्मचारी रहा हूँ। किसी भी स्त्री का शरीर मैंने स्पर्श नहीं किया। धर्मशास्त्र में व्यभिचार की बड़ी निन्दा की गयी है, इसलिए किसी तरह का पाप करते हुए डरता हूँ। मेरा उद्देश्य तो विधिपूर्वक विवाह करके पुत्र उत्पन्न करना है और उसी हेतु मैं अपनी स्त्री के साथ सम्भोग करूँगा। इसके अतिरिक्त परायी स्त्री से विषय-भोग करना पाप है।

"हे शुभे! तुम उसकी ओर मुझे प्रवृत्त न करो।"

यह सुनकर वृद्धा ने कहा, "हे महर्षि! यह तो आप जानते ही हैं कि स्त्रियाँ स्वभाव से ही कामातुर होती हैं। उनको पुरुष का संसर्ग देवताओं की आराधना से भी कहीं अधिक प्रिय और सुखकर होता है। तुम पतिव्रता की बातें करते हो तो हे स्वामी! सच तो यह है कि हजारों स्त्रियों में कहीं एक पतिव्रता स्त्री दिखाई पड़ती है और सती तो लाखों में एक होती है। जब स्त्रियों का कामोन्माद चढ़ जाता है, तो वे इसके सामने पिता, माता, भाई, पति, पुत्र आदि किसी की भी परवाह नहीं करती हैं और अपनी काम-वासना की तृप्ति के उपाय सोचा करती हैं। यहाँ तक कि कुछ भी करके वे अपनी इच्छा पूरी करके ही मानती हैं।

"हे भगवन्! काम के वश होकर ही स्त्री कुलटा हो जाती है।"

वृद्धा की बात सुनकर अष्टावक्र मन ही मन घबरा रहे थे, लेकिन फिर भी अपने को दृढ़ रखकर उन्होंने अविचलित भाव से उत्तर दिया, "हे देवी! मनुष्य जिस विषय का स्वाद जानता है, उसी के लिए उसकी तीव्र इच्छा होती है। मैं तो विषय-भोग जानता ही नहीं, फिर मैं किसी भी हालत में तुम्हारी इच्छा पूरी नहीं कर सकता। इसके अतिरिक्त जो भी आज्ञा दो, मैं करने के लिए तैयार हूँ।"

वृद्धा ने कहा, "यह न कहें नाथ! आप यहाँ कुछ दिन ठहरिए, तब अपने आप ही आपको सम्भोग-सुख का स्वाद मिल जाएगा। तब मैं और आप पूर्ण सुख के साथ रहा करेंगे।"

इस पर अष्टावक्र ने कहा, "हे देवी! जब तक तुम कहोगी तब तक मैं यहाँ ठहर जाऊँगा, लेकिन मैं नहीं जानता किस तरह तुम्हारे काम आ पाऊँगा।"

यह कहने के पश्चात् महर्षि अष्टावक्र उस वृद्धा के अंगों पर दृष्टि डालने लगे। वृद्धा भी कामातुर होकर आलिंगन के लिए उद्यत हुई, लेकिन किसी भी अंग को देखने से महर्षि अष्टावक्र के हृदय में कामासक्ति जाग्रत नहीं हुई। वे सोचने लगे कि यह वृद्धा इस तरह काम से पीड़ित क्यों है?

तभी उनके हृदय में संशय जागा कि हो सकता है कि यह कुछ समय पूर्व इस प्रासाद की अधिष्ठात्री देवी कोई युवती हो और किसी शाप के कारण इस तरह कुरूप वृद्धा हो गई हो। यह संशय पैदा होते ही उन्होंने उसकी कुरूपता और वृद्धावस्था का कारण पूछना चाहा, लेकिन सीधे ही वृद्धा से प्रश्न करने की उनकी हिम्मत नहीं पड़ी।

एक दिन बीत गया। सन्ध्या होने पर वृद्धा ने आकर कहा, "हे महर्षि! वह देखिए, सूर्य अस्त हो रहा है। अब आपकी क्या आज्ञा है?"

अष्टावक्र ने कहा, "हे शुभे! जाओ, स्नान करने के लिए जल ले आओ। स्नान करके मैं सन्ध्यावन्दन करूँगा।"

वृद्धा जाकर जल ले आई और उसके साथ सुगन्धित तेल और वस्त्र भी लेती आई। महर्षि से आज्ञा लेकर वह उनके शरीर में तेल मर्दन करके लगी और फिर अपने हाथों से ही उनके शरीर को मलकर उनको स्नान कराने लगी। महर्षि बड़े आनन्द से स्नान करते रहे। स्नान करते-करते सारी रात बीत गई। प्रातःकाल जब सूर्य की किरणें स्नानागार में आने लगीं, तो ये चौंक पड़े और इसे कोई माया समझकर वृद्धा से कहने लगे।

"शुभे! क्या भोर हो गई? या यह किसी तरह का छल है?"

वृद्धा ने कहा, "भगवन्! वास्तव में भोर हो गई। देखिए सूर्य भगवान प्राची में निकल आए हैं।"

महर्षि स्नान कर चुके। इसके बाद वृद्धा ने पूछा, "हे भगवान्! अब मैं क्या करूँ?"

अष्टावक्र कुछ भी उत्तर नहीं दे पाए और चिन्तामग्न होकर सोचने लगे। इसी बीच उत्तर की प्रतीक्षा न करती हुई वृद्धा उठी और अन्दर से एक थाल में सजाकर स्वादिष्ट भोजन ले आई। महर्षि भोजन करने लगे। फिर भोजन करते-करते उन्हें पूरा दिन बीत गया। रात्रि आई। वृद्धा ने अलग-अलग पलंग बिछवा दिए। महर्षि जाकर अपने पलंग पर लेट गए और कुछ देर बाद उनको नींद आ गई। आधी रात्रि के समय वृद्धा फिर सम्भोग की इच्छा रखती हुई, उनके पलंग पर आ गई।

महर्षि सहसा जागकर कहने लगे, "हे देवी! तुम व्यर्थ प्रयत्न न करो। परस्त्री के साथ सम्भोग के लिए मेरा हृदय गवाही नहीं देता। यह कार्य मुझे धर्म-विरुद्ध लगता है, इसलिए इसे त्याज्य समझकर मैं इसमें कदापि प्रवृत्त नहीं होऊँगा।"

इस पर वृद्धा कहने लगी, "हे भगवन्! आपकी शंका निर्मूल है। मैं स्वाधीन स्त्री हूँ। माता-पिता या पति किसी का भी मेरे ऊपर अधिकार नहीं है। मेरे साथ सहवास करने से आपको परस्त्री-गमन का दोष क्यों लगेगा?"

अष्टावक्र वृद्धा के तर्क के सामने परास्त होने लगे, तब सहसा उन्हें याद आया और उन्होंने पूर्ण दृढ़ता के साथ कहा, "हे देवी! तुम्हारा यह कहना कि तुम स्वाधीन हो, निराधार है। प्रजापति ने कहा है कि स्त्री जाति कभी स्वाधीन नहीं हो सकती।"

वृद्धा ने कौतूहलवश पूछा, "क्यों?"

अष्टावक्र ने कहा, "हे शुभे! प्रजापति ने कहा है कि लोक में कोई भी स्त्री स्वाधीन नहीं है। बाल्यावस्था में पिता, यौवनावस्था में पति और वृद्धावस्था में पुत्र स्त्रियों की रक्षा करते हैं, इसलिए वे इन्हीं के अधीन रहती हैं। फिर बताओ, तुम किस प्रकार स्वतन्त्र हो?"

अष्टावक्र के तर्क के साथ किसी तरह न उलझते हुए वृद्धा ने दूसरा पैंतरा लेकर कहना प्रारम्भ किया, "हे देव! मैं इस समय काम से पीड़ित हूँ और आपके साथ सम्भोग की कामना करती हूँ। कामातुर स्त्री की इच्छा को यदि पुरुष पूर्ण नहीं करता है तो उसे पाप लगता है।"

वृद्धा के इतना कह देने पर भी अष्टावक्र अडिग रहे और उसी दृढ़ता के साथ कहने लगे, "हे शुभे! साधारणतया मनुष्य काम, क्रोध आदि दोषों के वशीभूत होकर इस संसार में कितने ही जघन्य पाप करता है, लेकिन मैंने कठोर संयम से अपने मन को अपने वश में कर लिया है। तुम किसी भी तरह उसको विचलित नहीं कर पाओगी, इसलिए तुम्हारा इस तरह आग्रह करना व्यर्थ है। जाओ, अपने पलंग पर चली जाओ।"

अब तो वृद्धा को गहरा धक्का लगा, लेकिन फिर भी उसने धैर्य नहीं छोड़ा और फिर वह आशा लेकर अष्टावक्र से बोली, "हे महर्षि! यदि आप मुझे परस्त्री समझते हैं और इसी कारण पाप समझकर सम्भोग करते हुए डरते हैं, तो मुझे अपनी स्त्री बना लीजिए। मैं इसके लिए सहर्ष तैयार हूँ। आप विश्वास रखिए, मैं अभी तक कुँवारी हूँ। इससे आपको किसी तरह का पाप नहीं लगेगा और मेरी काम-पीड़ा भी शान्त हो जाएगी।"

अब तो अष्टावक्र एक अजीब पसोपेश में पड़ गए। उन्हें कोई उत्तर नहीं सूझ पड़ा। चिन्ता के भार से उन्होंने अपना सिर नीचे झुका लिया। कुछ ही क्षणों बाद जब उन्होंने कुछ कहने के लिए अपना मुँह ऊपर उठाया और उनकी दृष्टि उस स्त्री पर पड़ी तो महान आश्चर्य के कारण वे सहसा हिल उठे। वह वृद्धा अब एक सोलह वर्ष की अत्यन्त सुन्दरी कन्या का रूप धारण करके सामने बैठी मुस्करा रही थी।

अष्टावक्र ने अधीर होकर पूछा, "हे देवी! यह तुम्हारा कैसा रूप? मेरी समझ में कुछ भी नहीं आ रहा है कि तुम कौन हो? तुम्हारा रूप देखकर तो अब मेरे रोम-रोम में एक मादकता भर गयी है और मेरे अन्दर कामोद्दीपन हो उठा है, लेकिन मुझे महर्षि वदान्य की सुन्दरी कन्या का भी ध्यान है, जिसके कारण मैं इस कठिन परीक्षा के लिए अपने स्थान से चला हूँ। इसलिए मैं तुम्हारे साथ किसी प्रकार का संसर्ग तो नहीं कर सकता, लेकिन तुम्हारा परिचय प्राप्त करने के लिए अवश्य लालायित हूँ। बताओ कल्याणी! तुम कौन हो?"

उस कन्या ने मुस्कराते हुए ही कहा, "हे महर्षि अष्टावक्र! स्वर्ग, मृत्यु आदि सभी लोकों के स्त्री-पुरुषों में विषय वासना पायी जाती है। मैं परस्त्री-गमन के लिए आपके मन को विचलित करके आपकी परीक्षा ले रही थी, लेकिन अपने कठोर संयम के कारण आपने धर्म की मर्यादा को नहीं छोड़ा। इसलिए मेरा विश्वास है कि जीवन में आप कभी किसी प्रकार का कष्ट नहीं भोगेंगे।

"मैं उत्तर दिशा हूँ। स्त्रियों के चपल स्वभाव का प्रदर्शन करने के लिए

ही मैंने यह वृद्धा का रूप रखा था। इससे आप यह जान लीजिए भगवन् कि इस संसार में वृद्धावस्था को प्राप्त स्त्री-पुरुषों को भी काम सताता है। मुझे प्रसन्नता है कि आपने स्त्री की कितनी भी चंचलता देखकर अपने ब्रह्मचर्य व्रत को नहीं छोड़ा, इसलिए ब्रह्मा और इन्द्र आदि देवता आप पर अत्यन्त प्रसन्न हैं। जिस काम के लिए महात्मा वदान्य ने आपको यहाँ भेजा है वह अवश्य पूरा होगा। महर्षि की कन्या से आपका अवश्य विवाह होगा और वह कन्या पुत्रवती भी होगी।''

अष्टावक्र यह सुनकर अत्यन्त प्रसन्न हुए और उस देवी से चलने की आज्ञा माँगने लगे। उत्तर दिशा ने आदर के साथ अष्टावक्र को विदा कर दिया। जब वे लौटकर महर्षि वदान्य के पास आये तो उन्होंने उनसे उनकी यात्रा का सारा वृत्तान्त पूछा और फिर अपने मन में पूर्णतः सन्तुष्ट होते हुए अपनी कन्या का पाणिग्रहण उनके साथ कर दिया।

– रांगेय राघव

पहला प्रकरण

सूत्र : १

राजा जनक ने ब्रह्म-ज्ञान में पारंगत ऋषिवर अष्टावक्र से प्रश्न किया -

कथं ज्ञानमवाप्नोति कथं मुक्तिर्भविष्यति।
वैराग्यं च कथं प्राप्तमेतद ब्रूहि मम प्रभो ॥१॥

गुरुवर, कृपया यह बतलाइए कि वह ज्ञान कैसे प्राप्त हुआ है, जिससे मुक्ति मिले? और यह भी कि वैराग्य की साधना कैसे पूर्ण होगी? ।।१।।

विशेष : राजा जानना चाहते थे वैराग्य का स्वरूप, उसके कारण और फल क्या हैं, ज्ञान का स्वरूप, उसका कारण और फल क्या है तथा वृद्धि का स्वरूप उसका कारण और उसके भेद क्या हैं, यह ऋषिवर सविस्तार बतावें।

ऋषिवर ने राजा को यथार्थ जिज्ञासु समझकर आत्म-विद्या प्राप्त करने का पूर्ण अधिकारी माना। साधनों से ही आत्म-विद्या प्राप्त होती है, इसलिए उत्तर में वे साधनों का कथन करते हैं।

सूत्र : २

मुक्तिमिच्छसि चेत्तात विषयान्विषवत्त्यज।
क्षमार्जवदयातोषसत्यं पीयूषवद्भज ॥२॥

राजन मुक्ति चाहते हो, तो पहले सब प्रकार के सांसारिक विषय-भोगों को विष मानकर उनको सर्वथा परित्याग करना होगा (क्योंकि विषयों के भोगने से प्राणी संसार-चक्र रूपी मृत्यु को ही प्राप्त होता है।) और पाँच सद्गुणों को अपने विचारों और कार्यों में अमृत के समान धारण करना होगा। ये पाँच सद्गुण हैं - क्षमा, दया, सरलता, संतोष और सत्य ।।२।।

विशेष : शब्द, स्पर्श, रस, रूप, गन्ध - इन पाँच विषयों में से किसी एक की अप्राप्ति से उसी में मन लगा रहना आसक्ति है। यह आसक्ति त्याग ही विषयों का त्याग है। आत्म-साक्षात्कार से मन महान ब्रह्मानन्द में डूब जाता है। जीवन-मुक्त ज्ञानी की वृत्ति केवल आत्माकार रहती है। संसार के पदार्थों के प्रति दोष-दृष्टि और ग्लानि का भाव रहना ही वैराग्य है। वैराग्यवान ही ज्ञान का अधिकारी है। अतः ऋषिवर आत्म-ज्ञान का स्वरूप बताते हैं।

सूत्र : ३

न पृथ्वी न जलं नाग्निर्न वायुर्द्यौर्न वा भवान्।
एषां साक्षिणमात्मानं चिद्रूपं विद्धि मुक्तये ॥ ३ ॥

राजन! आप विश्व व्याप्त दिव्य चेतना के ही अंश हैं, अजर अमर नित्य चैतन्य आत्मा है, यही आपका सच्चा स्वरूप है। आप न पृथ्वी हैं न जल, न अग्नि, न वायु और न ही आकाश हैं। इन पंच भूतों से अलग केवल इनके साक्षीभूत स्वतः ज्ञानमय आत्मा है, जड़ पंच भूतों के अंश नहीं हैं ।।३ ॥

सूत्र : ४

यदि देहं पृथक्कृत्य चिति विश्राम्य तिष्ठसि।
अधुनैव सुखी शांतो बंधुमुक्तो भविष्यसि ॥४॥

(मुक्ति के स्वरूप तथा उसे प्राप्त करने के उपाय बताते हुए ऋषिवर कहते हैं) इन पंच भूतों से आपकी देह ही बनी है, आत्मा इनसे पृथक है। आत्मा को देह से पृथक मानकर जिस समय आप अपने विशुद्ध चैतन्य रूप में मन को स्थिर करोगे, उसी समय परम शान्ति और सुख का अनुभव होगा; आपको जीवन मुक्त होने की प्रतीति होगी, मोक्ष-प्राप्ति का साक्षात् अनुभव हो जाएगा और दुःखों से स्वतः मुक्ति मिल जाएगी ।।४।।

विशेष : जब प्राणी आत्म-ज्ञान होने पर स्वयं को अकर्ता, उपभोक्ता, शुद्ध और असंग मानता है, तभी अध्यास का नाश हो जाता है। अध्यास का नाश ही मुक्ति है।

सूत्र : ५

ऋषिवर के इन गूढ़ वचनों को सुनकर राजा जनक के मन में अनेक संशय पैदा हुए। मन ने कहा कि आप विशेष वर्ण और विशेष आश्रम में रहते हुए कर्तव्य-कर्मों के सामाजिक बन्धनों से बंधे हुए हो, इनसे मुक्ति कैसे मिलेगी? ऋषिवर ने इन संशयों को निवारण करते हुए कहा -

न त्वं विप्रादिको वर्णो, नाश्रमी नाक्षगोचरः।
असंगोऽसि निराकारो, विश्वसाक्षी सुखी भव ॥५॥

यदि आप सचमुच आत्म-ज्ञान के जिज्ञासु और ब्रह्म-ज्ञान-पथ के पथिक हैं, तो यह जानना अनिवार्य है कि आपकी आत्मा न तो विप्रादि किसी वर्ण की है और न ब्रह्मचर्य, गृहस्थ आदि किसी आश्रम के बन्धन में बँधी है। वह आँखों से प्रत्यक्ष दिखनेवाले प्रत्येक विषय और बन्धन से मुक्त है, असंग है, निराकर है। वह तो इस दृश्यमान विश्व के इन सब रूपों का साक्षी मात्र है। इनमें लिप्त नहीं है। यह जान-समझ लेने पर आप सदा सुखी रहेंगे ।।५।।

विशेष : वेद ने वर्णाश्रमादिकों के धर्म कहे हैं, वे सब अज्ञानी जनों के लिए हैं जो ज्ञानी और मुमुक्षु आत्म-ज्ञान के अमृत से तृप्त हैं, उसको कुछ भी करने योग्य कर्म शेष नहीं रहते, यदि लोकाचार के लिए कर्म करना वांछित हो, तो उनको वे आत्मा से पृथक अन्तःकरण का धर्म मानकर ही करते हैं।

सूत्र : ६

धर्माऽधर्मौं सुखं दुःखं मानसानि न ते विभो।
न कर्ताऽसि न भोक्ताऽसि मुक्तएवासि सर्वदा ।।६।।

अष्टावक्र जी आगे कहते हैं कि हे राजन! संसारी धर्म-अधर्म सुख-दुःख सभी आपके मन के मिथ्या संकल्प का परिणाम हैं। विधि-निषेध के ये रूप अस्थायी हैं, परिवर्तनशील हैं। आत्मा न तो कर्ता है और न भोक्ता है, वह तो सदा-सर्वदा इनमें मुक्त रहता है। यही उसका सच्चा स्वभाव है ।।६।।

सूत्र : ७

एको द्रष्टाऽसि सर्वस्य मुक्तप्रायोऽसि सर्वदा।
अयमेव हि ते बन्धो उद्रष्टारं पश्यसीतरम् ॥७॥

मन में यह धारणा स्थिर कर लो कि आप तो आत्मा हैं, देह नहीं हैं। आत्मा तो मात्र दृष्टा है, साक्षी मात्र है; कर्म का कर्ता नहीं है। वह स्वभाव से मुक्त ही है। इस दृष्टा को कर्ता या भोक्ता रूप में देखने की इच्छा करना ही अज्ञान है और यह अज्ञान ही बन्धन का कारण बन जाता है। (अज्ञानी लोग ही मानते हैं कि अपने से भिन्न कोई दृष्टा है और कर्मों का फल प्रदाता है। ज्ञानवान ऐसा नहीं मानते) ।।७।।

सूत्र : ८

अहं कर्त्तात्यहंमानमहाकृष्णाहिदंसितः।
नाहं कर्तेति विश्वासामृतं पीत्वा सुखीभव ॥८॥

मै कर्ता हूँ, यह अहं भाव, अहंकार रूपी महाकाल सर्प का विष मुक्त के शरीर में प्रवेश कर लेता है (और सारा संसार जन्म-मरण रूपी चक्र में पड़कर भटकता रहता है)। मैं कर्ता या भोक्ता नहीं हूँ - इस विश्वास का अमृत पीकर ही मनुष्य सुखी हो सकता है। आप भी इस पर श्रद्धा रखकर सुखी जीवन बिता सकते हैं ।।८ ।।

सूत्र : ९

एको विशुद्धबोधोऽहमिति निश्चयवह्निना।
प्रज्वाल्याज्ञानगहन वीतशीकः सुखीभव ॥९॥

अष्टावक्र जी स्पष्ट करते हैं कि मैं विशुद्ध ज्ञान-स्वरूप हूँ, इस दिव्य विश्वास और ज्ञान की पवित्र अग्नि की तीव्र ज्वाला में देह-भाव का अज्ञान स्वयं ही भस्म हो जाएगा और तत्त्वतः प्रकाशित चेतना से परम सुख की प्राप्ति स्वयं हो जाएगी ॥९॥

विशेष : जो देश, काल और वस्तु परिच्छेद से रहित, नित्य और व्यापक है, वही तेरी आत्मा है। अतएव हे राजन जब यह निश्चय कर लोगे कि मैं ही सर्व-व्यापक और सजातीय या विजातीय भेद से रहित हूँ और अविद्या आदि मल मुझमें नहीं हैं, तो जन्म-मरण के शोक से रहित होकर परमानन्द की प्राप्ति कर सकोगे।

सूत्र : १०

यत्र विश्वमिदं भाति कल्पितं रज्जुसर्पवत्।
आनन्दपरमानन्दः स बोधस्त्वं सुखं चर ॥१०॥

जिस प्रकार अज्ञानवश रस्सी में सर्प की प्रतीति होने से भय की उत्पत्ति होती है और सच्चाई जान लेने के बाद अज्ञान-जनित भय की स्वयं निवृत्ति हो जाती है, उसी प्रकार जगत की असत्यता जान लेने पर सभी दुःख स्वयं दूर हो जाते हैं। राजन! आप भी सत्य का बोध करके आनन्द-परमानन्द की प्राप्ति कीजिए ॥१०॥

विशेष : जिसको आत्म-ज्ञान हो गया है और जिसने जान लिया है कि जगत मिथ्या है और भ्रम है वह दुःखी नहीं होता है, न उसमें उसको आसक्ति होती है। जिसने अपनी आत्मा को सत्-चित्त और आनन्द स्वरूप को जान लिया है, वह फिर जन्म-मरण रूपी बन्धन से बँधता नहीं है। यद्यपि अज्ञान एक ही है तथापि उसके कार्य की तन्मात्राा और तन्मात्राा का कार्य अन्तःकरण रूप में अनन्त है। ज्ञान प्राप्त होने पर अज्ञान का नाश हो जाता है और जीव मुक्त हो जाता है।

सूत्र : ११

मुक्ताभिमानी मुक्तो हि बद्धो बद्धाभिमान्यपि।
किंवदंतीह सत्येयं या मतिः सा गतिर्भवेत् ॥११॥

जिस व्यक्ति को यह निश्चय हो जाता है कि 'मैं मुक्त रूप हूँ।' वही मुक्त हो जाता है और जो समझता है कि मैं अल्पज्ञ जीव 'संसार बन्धन में अनिवार्य रूप से बँधा हूँ, वह बँधा रहता है। 'जैसी मति, वैसी ही गति होती है यह लोकप्रिय किंवदन्ती सत्य ही है ॥११॥ (बन्धन और मोक्ष ये सब मन के धर्म हैं। मुझमें ये सब तीनों में नहीं हैं, किन्तु मैं सबका साक्षी हूँ, ऐसा दृढ़ निश्चयवाला ही नित्य मुक्त है।)

सूत्र : १२

बन्धन और मोक्ष वास्तविक हैं या अवास्तविक? यदि बन्धन वास्तविक है तब उसकी निवृत्ति कैसे संभव है और यदि मोक्ष वास्तविक है, तो जीव को बन्धन ग्रस्त कभी नहीं होना चाहिए, इस शंका की पूर्व कल्पना करते हुए अष्टावक्र जी आगे कहते हैं

आत्मा साक्षी विभुः पूर्ण एको मुक्ताश्चिदक्रियः।
असंगोनिःस्पृहः शांतो भ्रमात्संसारवानिव ॥१२॥

आत्मा स्वभाव से ही विभु (सर्व का अधिष्ठान) है, सर्वत्र व्याप्त है, कर्म-बन्धन से मुक्त है, विषय-वृत्ति से असंग है, आत्मा निस्पृह (विषयों की अभिलाषा से रहित) है, प्रवृत्ति निवृत्ति रहित है और सदा शान्त है। आत्मा का संसारी रूप केवल भ्रम है, जो अज्ञान से पैदा होता है ॥१२॥

(ज्ञान की स्थिति बनाए रखने के लिए श्रवण-मनन आदि

की आवृत्ति बार-बार करनी चाहिए। महर्षि उद्दालक ने अपने पुत्र श्वेतकेतु को 'तत्त्वमसि' महावाक्य का नौ बार उपदेश किया था।)

सूत्र : १३

कूटस्थं बोधमद्वैतमात्मानं परिभावय।
अभासोऽहं भ्रमं मुक्त्वा भावं बाह्यमथान्तरम् ॥१३॥

इसी कारण जनक जी को आत्मज्ञान का उपदेश पुनः-पुनः करते हुए अष्टावक्र जी कहते हैं, "मुमुक्षु मनुष्य को इसी विचार से दृढ़ होना चाहिए कि आत्मा निर्विकार है, ज्ञान स्वरूप है, अद्वैत है, अखंड है। बाह्य और आन्तरिक रूपों में भेद की भावना और उससे पैदा हुए भ्रम का परित्याग करना ही उचित है ॥१३॥

सूत्र : १४

देहाभिमानपाशेन चिरं बद्धोऽसि पुत्रक।
बोधोऽहं ज्ञानखड्गेन तंनिष्कृत्य सुखी भव ॥१४॥

देहादि अभिमान दूर करने की जनक जी की प्रार्थना पर ऋषि अष्टावक्र राजा जनक को कहते हैं कि हे शिष्य, तुम चिरकाल से इसी देहाभिमान रूपी जाल में फँसे हुए हो। इस जाल को अपनी ज्ञान रूपी तलवार से काट दो कि मैं बोध रूप अखंड परिपूर्ण आत्मा हूँ, तभी तुम सच्चे सुख से अधिकारी बनोगे ॥१४॥

सूत्र : १५

जनकजी ने जब पतंजलि द्वारा 'चित्त-वृत्ति-निरोध-योग को बन्धन मुक्ति का हेतु' बताए जाने की बात उठाई तो अष्टावक्र जी ने कहा है

निःसंगो निष्क्रियोऽसि त्वं स्वप्रकाशो निरंजनः।
अयमेव ही ते बन्धः समाधिमनुतिष्ठिसि ॥१५॥

शिष्यवर, तुम वस्तुतः निःसंग, क्रिया रहित, प्रकाशित और निर्मल निर्विकार हो। समाधि की अभिलाषा और मोक्ष के लिए समाधि अनुष्ठान करने की उत्कंठा ही तुम्हारे बन्धन का कारण बन गई है ॥१५॥

(आत्मा के स्वरूप-ज्ञान के अतिरिक्त मुक्ति के जितने उपाय बताए गए हैं, वे सभी बन्धन के कारण हैं।)

सूत्र : १६

त्वया व्याप्तमिदं विश्वं त्वयि प्रोतं यथार्थतः।
शुद्धबुद्धस्वरूपस्त्वं मा गमः क्षुद्रचित्तताम् ॥१६॥

शिष्यवर, यथार्थ में यह सम्पूर्ण दृश्यमान जगत तुझ में व्याप्त है (जैसे माला के सूत्र में मनके पिरोए रहते हैं) और तुझमें ही ओत-प्रोत है। तुम स्वयं शुद्ध बुद्धि स्परूप हो। अपने को विश्व के प्रपंच का अंग मानकर अपनी चित्तवृत्ति को विपरीत मत करो। (वास्तव में जगत की अपनी सत्ता कुछ भी नहीं है, तेरे संकल्प से यह जगत उत्पन्न हुआ है और तेरे संकल्प में निवृत्त होने से यह जगत भी निवृत्त हो जाएगा। अतः अपने शुद्ध स्वरूप में स्थित होकर क्षुद्रता को प्राप्त मत हो।) ॥१६॥

सूत्र : १७

निरपेक्षो निर्विकारो निर्भरः शीतलाशयः।
अगाधबुद्धिरक्षुब्धो भव चिन्मात्रवासनः ॥१७॥

हे शिष्य तुम आत्मरूप होने से निरपेक्ष हो (अर्थात्, भूख, प्यास, शोक, मोह, जन्म-मरण, षट् ऊर्मियों से रहित हो। इनमें भूख प्यास, प्राण के शोक-मोह मन के और जन्म-मरण सूक्ष्म देह के धर्म हैं। ये कोई भी धर्म तुझ आत्मा के नहीं हैं।) तुम स्वतन्त्र हो, निर्विकार हो, क्षोभ रहित हो, सदा शान्त हो तुम्हारा विशुद्ध चैतन्य रूप ही अपना सच्चा स्वरूप है ॥१७॥

विशेष : जो उत्पन्न होता है, स्थित है, बढ़ता है, पूर्ण होता है; फिर क्षण-क्षण क्षीण हो जाता है और नाश हो जाता है, ये छः विकार स्थूल देह के धर्म हैं, आत्मा के नहीं हैं। आत्मा सूक्ष्म एवं स्थूल देह से परे है। इन दोनों का दृष्टा है, अतः निर्विकार है।

सूत्र : १८

साकारमनृतं विद्धि निराकारं तु निश्चलम्।
एतत्तत्त्वोपदेशेन न पुनर्भवसम्भवः ॥१८॥

आवागमन से मुक्त होने की ओर संकेत करते हुए ऋषि अष्टावक्र कहते हैं कि हे राजन्! जो साकार शरीर दिखलाई देता है, वह मिथ्या कल्पित है। आत्म-तत्त्व तो नित्य, निराकार और निश्छल ही रहता है, सभी शास्त्र इस तत्त्वज्ञान की शिक्षा देते हैं। इसे जान लेने और इस पर पूर्ण श्रद्धा रखने से ही तुम जन्म-मरण (संसार में आवागमन) के बन्धन से मुक्त बनोगे ॥१८॥

सूत्र : १९

यथैवादर्शमध्यस्थे रूपेऽन्तः परितस्तु सः।
तथैवाऽस्मिन् शरीरेऽन्तः परितः परमेश्वरः ॥१९॥

जिस प्रकार दर्पण में प्रतिबिम्ब पड़ता है, तो एक ही व्यक्ति के दो रूप दिखाई देते हैं। (प्रतिबिम्ब दर्पण में देखने मात्र का है किन्तु वह दर्पण के सत्यवत दिखता है)। उसी प्रकार एक ही आत्म-तत्व के प्रतिबिम्ब से देहस्थ और विश्व व्याप्त एक ही आत्मा के दो रूप दिखाई देते हैं ॥१६॥

सूत्र : १०

एकं सर्वगतं व्योम बहिरन्तर्यथा घटे।
नित्यं निरन्तरं ब्रह्म सर्वभूतगणे तथा ॥२०॥

जिस प्रकार सर्वगत एक ही आकाश संसार के घटादि पदार्थों में बँटा हुआ दिखलाई देता है, उसी तरह आत्म तत्त्व (अखंड अविनाशी ब्रह्म) संपूर्ण प्राणियों में भूतों में अलग-अलग बाहर, भीतर और मध्य में विभाजित दिखलाई देता है। वस्तुतः वह अखण्ड है, नित्य है और अद्वितीय है ॥२०॥

दूसरा प्रकरण

ऋषिवर अष्टावक्र के उपदेश के अनुसार चेतन-स्वरूप आत्मा का साक्षात्कार करके राजा जनक अपने पूर्व प्रतीत मोह का स्मरण आश्चर्य के साथ कहते हैं

अब मुझे यह ज्ञान हो गया है कि गुरुवर! मैं अपने सत्य स्वरूप में निराकार, सब उपाधियों से रहित सदा शान्त और विशुद्ध ज्ञान स्वरूप हूँ।

सूत्र : १

अहो निरंजनः शान्तो बोधोऽहं प्रकृतेः परः।
एतावन्तमहं कालं मोहेनैव विडंबितः ॥१॥

इसलिए प्रकृति से, माया भ्रम से दूर हूँ। आज तक मैं मोह जाल की मिथ्या विडम्बना में फँसा हुआ था। अब मैं उससे मुक्त अनुभव करता हूँ॥१॥

सूत्र : २

यथा प्रकाशयाम्येको देहमेनं तथा जगत्।
अतो मम जगत्सर्वमथवा न च किंचन ॥२॥

जैसे मैं एक देह को प्रभावित करता हूँ, उसे चैतन्यता प्रदान करता हूँ। उसी प्रकार समस्त जगत को प्रकाशित करके गतिशील बनाता हूँ। देह जैसे स्वयं जड़ है, वैसे ही जगत भी जड़ है। देह से माया-ममता का बन्धन टूटा, तो समस्त जगत से नाता टूट गया। यदि ये देह मेरा है, तो सारा संसार मेरा है; नहीं तो कोई भी अपना नहीं है। आत्मा तो इन दोनों से अलग है ॥२॥

विशेष : 'अस्ति' (है), 'भाति' (मान) और प्रियम् (प्रिय) ये तीनों अंश ब्रह्म के हैं और सारे जगत में व्याप्त हैं। 'नाम' और 'रूप' ये दो अंश जड़-जगत के हैं। नाम और रूप विनाशी हैं, क्योंकि कभी एक हालत में नहीं रहते यह जगत अस्ति, भाति और प्रिय अंशों के कारण ही सत्यवत प्रतीत होता है। इसीलिए जनक जी कहते हैं कि यह दृश्य जगत मेरे देह बन्धन की कल्पना का अंग है। मैं (आत्म-तत्त्व) माया और उसके कार्य से परे ज्ञान स्वरूप हूँ।)

सूत्र : ३

सशरीरमहो विश्वं परित्यज्य मयाऽधुना।
कुतश्चित्कौशलादेव परमात्मा विलोक्यते ॥३॥

लिंग शरीर और कारण शरीर सहित सम्पूर्ण विश्व और आत्मा से पृथक अपनी सत्ता को मिथ्या मानकर अब मैं देह और जगत की ममता त्यागकर अपने ही अन्तर्ज्ञान से परमात्मा का दर्शन करूँगा ॥३॥ (आत्म-ज्ञान अतिरिक्त आत्मा के अवलोकन का और कोई भी उपाय नहीं है।)

सूत्र : ४

यथा न तोयतो भिन्नास्तरङ्गाः फेनबुद्बुदाः।
आत्मनो न तथा भिन्नं विश्वमात्मविनिर्गतम् ॥४॥

जिस प्रकार जल-प्रवाह में उठी तरंगें, बुलबुले और झाग आदि जल से भिन्न नहीं हैं, उसी प्रकार विश्वात्मा से ही उद्भूत सभी प्राणियों के देह विश्वात्मा से भिन्न नहीं हैं। त्रिगुणात्मक जगत आत्मा का ही अंग है, आत्मा से भिन्न कुछ भी नहीं है ॥४॥

सूत्र : ५

तंतुमात्रो भवेदेव पटो यद्वद्विचारितः।
आत्मतन्मात्रमेवेदं, तद्वद्विश्वं विचारितम् ॥५॥

जिस प्रकार वस्त्र अपने उपादान कारण सूत्र से भिन्न प्रतीत होता है, किन्तु होता सूत्र मात्र ही है, उसी तरह अज्ञान दृष्टि के कारण जगत ब्रह्म से भिन्न प्रतीत होता है। परंतु तत्त्वतः सम्पूर्ण जगत विश्वात्मा रूप ही है। जैसे वस्त्र में सूत्र व्याप्त है, उसी प्रकार जगत में ब्रह्म व्याप्त है ॥५॥

सूत्र : ६

यथैवक्षुरसे क्लुप्ता तेन व्याप्तैव शर्करा।
तथा विश्वं मयि क्लृप्तं मया व्याप्तं निरंतरम् ॥६॥

जैसे इक्ष (गन्ने) में रस और शर्करा व्याप्त है और शर्करा में रस और गन्ना व्याप्त है, वैसे ही विश्वात्मा में समस्त विश्व और समस्त विश्व में विश्वात्मा व्याप्त है। इस प्रकार सब मुझमें और मैं सब में नित्य व्याप्त हूँ ॥६॥

सूत्र : ७

आत्माज्ञानाज्जगशति आत्माज्ञानान्न भासते।
रज्ज्वज्ञानादहिर्भाति तज्ज्ञानाशसते न हि ॥७॥

आत्मा के स्वरूप का ज्ञान न होने से ही जगत की भिन्न प्रतीति होती है। यह प्रतीति उसी प्रकार मिथ्या है, जैसे अन्धकार में पड़ी रस्सी में साँप की प्रतीति होती है। ज्ञान-दीपक का प्रकाश होते ही पता लग जाता है कि वह प्रतीति मिथ्या थी ॥७॥

सूत्र : ८

प्रकाशो में निजं रूपं नातिरिक्तोऽस्म्यहं ततः।
यदाप्रकाशते विश्वं तदा हं भास एव हि ॥८॥

प्रकाश मेरा, आत्मा का निज रूप है, स्वाभाविक रूप है। उस प्रकाश से भिन्न आत्मा नहीं आत्म-चैतन्य ही सब जगत का प्रकाश है। आत्मा के प्रकाशित होने से अर्थात् आत्मा के स्वरूप-ज्ञान से सब भ्रम स्वयं मिट जाते हैं। जगत की प्रतीति कराने वाला मिथ्यात्व भी नष्ट हो जाता है ॥८॥

विशेषः चेतन दो प्रकार का होता है - सामान्य और विशेष। सामान्य चेतन अज्ञान विरोधी नहीं, वरन् स्वतः विद्यमान रहकर उसका साधक है। किन्तु विशेष चैतन्य अज्ञान का विरोधी है, इससे चेतन का उदय ही संम्भव नहीं। यह चेतन ही विशेष चैतन्य बनकर प्रकाशित होता है।

सूत्र : ९

अहो विकल्पितं विश्वमज्ञानान्मयि भासते।
रूप्यं शुक्तौ फणी रज्जौ वारि सूर्यकरे यथा ॥९॥

जब तक आत्म-ज्ञान नहीं होता, तभी तक विश्व ब्रह्म से भिन्न प्रतीत होता है। यह प्रतीति वैसी ही मिथ्या है, जैसे सीपी में रजत की प्रतीति, रस्सी में सर्प की प्रतीति और मरुभूमि में सूर्य-किरणों से जल की प्रतीति। ये सब अज्ञान कल्पित आभास हैं। (आत्मा के स्वरूप प्रकाश से ही जगत भी प्रकाशमान हो रहा था, स्वतः जगत मिथ्या है)॥९॥

सूत्र : १०

मत्तो विनिर्गतं विश्वं मय्येव लयमेष्यति।
मृदि कुम्भो जले वीचिः कनके कटकं यथा ॥१०॥

यह मायाच्छादित, माया रहित विश्व विश्वात्मा की मेरी ही अभिव्यक्ति है, जो अन्ततः उसी में—मुझ में ही लय हो जाएगा। उसी प्रकार जैसे मिट्ठी का घड़ा मिट्टी में, लहर नदी जल में और स्वर्णाभूषण स्वर्ण में लय हो जाते हैं ॥१०॥

सूत्र : ११

अहो अहं नमो मह्यं विनाशो सस्य नास्ति में।
ब्रह्मादिस्तम्बपर्यंतं जगन्नाशेऽपि तिष्ठतः ॥११॥

ब्रह्म मैं—सम्पूर्ण जगत का कारण हूँ और अविनाशी हूँ। इसलिए मैं अपने सत्य स्वरूप को नमस्कार करता हूँ। प्रलय काल में विराट ब्रह्मांड से लेकर एक तिनके तक सबका नाश हो जाता है, किन्तु ब्रह्म का मेरा नाश नहीं होता ॥११॥

विशेष : ब्रह्म की सत्ता पारमार्थिक है और जगत की प्रातिभासिक। ब्रह्म तीनों कालों में नित्य है और जगत तीनों कालों में अनित्य। जगत ब्रह्म का विवर्त्त है। उसी से जगत के नाश होने पर भी ब्रह्म ज्यों-का-त्यों एकरस रहता है। वही ऐसा पारमार्थिक स्वरूप है।

सूत्र : १२

अहो अहं नमो मह्यमेकोऽहं देहवानपि।
क्वचिन्न गन्ता नागन्ता व्याप्य विश्वमवस्थितः ॥१२॥

मैं अपने सत्य-शुद्ध स्वरूप को नमस्कार करता हूँ। नाना प्रकार के रूपों में निवास करने के उपरांत भी मैं अपने सत्य स्वरूप में एक रूप ही हूँ। उस एक रूप में मैं समस्त विश्व में व्याप्त हूँ, न कहीं जाता हूँ, न आता हूँ ॥१२॥

सूत्र : १३

अहो अहं नमो मह्यं दक्षो नास्तीह मत्समः।
असंस्पृष्य शरीरेण येन विश्वं चिरं धृतम् ॥१३॥

मैं अपने सत्य स्वरूप को नमस्कार करता हूँ ब्रह्मरूप में मैं शरीर में रहकर भी शरीर से स्पर्श नहीं करता, असंग ही रहता हूँ। समस्त विश्व को धारण करते हुए भी मैं अपने सत्य स्वरूप में जगत् में लीन नहीं होता। मेरी यह माया आश्चर्यजनक है, किंतु सत्य है ॥१३॥

विशेष : चुम्बक पत्थर स्वयं तो क्रिया रहित है, किंतु लोहे से चेष्टा कराता है। उसकी विलक्षण शक्ति से समान आत्मा में भी विलक्षण शक्ति है। वह स्वयं क्रिया-रहित है किन्तु शरीर, इन्द्रियादिक सभी अपने-अपने काम करते हैं। अग्नि अलग रहकर भी जमे हुए घी को पिघला देती है, वैसे ही आत्मा असंग रहकर भी सारे जगत् को क्रियावान् कर देते हैं।

सूत्र : १४

अहो अहं नमो मह्यं यस्य में नास्ति किञ्चन।
अथवा यस्य में सर्वं यद्वाङ्मनसगोचरम् ॥१४॥

मैं अपने सत्य-स्वरूप को नमस्कार करता हूँ। परमार्थ दृष्टि से देखो तो मैं किसी से संलग्न नहीं। सांसारिक दृष्टि से मेरा मन जिसे अपना समझता है, वाणी जिसे अपना कहती है, वह सब मन-वाणी का भ्रम ही है। सत्य यही है कि मेरा किसी पदार्थ से कोई लगाव नहीं ॥१४॥

सूत्र : १५

ज्ञानं ज्ञेयं तथा ज्ञाता त्रितयं नास्ति वास्तवम्।
अज्ञानाद्भाति यत्रेदं सोहमस्मि निरञ्जनः ॥१५॥

ज्ञान, ज्ञेय तथा ज्ञाता इस त्रिपुटी से भी मेरा कोई सम्बन्ध नहीं है। अज्ञान वशात ये जो तीनों प्रतीत होते हैं, वे अवास्तविक हैं, अज्ञान जनित हैं। अपने सत्य रूप में मैं इस प्रपंच का कोई अंग नहीं हूँ। सबसे होते हुए भी, उनसे अलग निर्विकार रूप ही मेरा सत्य स्वरूप है ॥१५॥

सूत्र : १६

द्वैतमूलमहो दुःखं नान्यत्तस्यास्ति भेशजम।
दृश्यमेतन्मृषा सर्वं एकोऽहं चिद्रसोऽमलः ॥१६॥

सुख-दुःख की प्रतीति आत्मा है, यह द्वैत मानने से होती है। द्वैत भाव के कारण जो दुःख होता है, उसका कोई उपाय नहीं। दृश्यमान यह जगत मिथ्या है। आत्मा ही सत्य है, निराकार है, चिद्‌मात्र और अद्वितीय है। जब ज्ञान-बोध हो जाएगा, तो उसी से दुःख का निवारण होगा, अन्यथा नहीं ॥१६॥

सूत्र : १७

बोधमात्रोऽहमज्ञानादुपाधिः कल्पितो मया।
एवं विमृशतो नित्यं निर्विकल्पे स्थितिर्मम ॥१७॥

मैं ज्ञान रूप हूँ, चैतन्य रूप हूँ, अहंकारादि प्रपंच को मैंने उपाधि स्वरूप मान लिया है। वस्तुतः यह मिथ्या ज्ञान है। मेरी निर्विकल्प, नित्य एकरस स्थिति ही सत्य है, यह ज्ञानपूर्वक अनुभव होने के बाद ही द्वैत ज्ञानजन्य दुःख का निवारण होगा ॥१७॥

सूत्र : १८

न मे बंधोऽस्ति मोक्षो वा भ्रांतिः शान्ता निराश्रय।
अहो मयि स्थितं विश्वं वस्तुतो न मयि स्थितम् ॥१८॥

गहन विचार दृष्टि से देखा जाए तो सच्चा बोध तो यही है कि आत्मा का न तो बन्धन है और न मोक्ष; क्योंकि आत्मा तो स्वभाव से ही नित्य और चिद् स्वरूप है। यह विश्वास कि विश्व मुझ में स्थित है, एक निराधार भ्रांति है। यह भी मुझ में स्थित नहीं है। मैं इन सबसे अलग निर्लिप्त हूँ ॥१८॥

सूत्र : १९

सशरीरमिदं विश्वं न किञ्चिदिति निश्चितम्।
शुद्धचिन्मात्र आत्मा च तत्कस्मि् कल्पनाधुना ॥१९॥

शरीर सहित जो सम्पूर्ण जगत दृश्यमान प्रतीत होता है, वह कुछ नहीं है, सब केवल ब्रह्म रूप है। आत्मा माया रूपी मल से सर्वथा रहित, निर्मल चिद् स्वरूप है। जैसे अन्धकारवश रज्जु में सर्प की कल्पना हो जाती है, वैसे ही ब्रह्म में द्वैत (प्रपंच) की केवल अज्ञानवश कल्पना हो जाती है ॥१९॥

सूत्र : २०

शरीरं स्वर्गनरकौ बन्धमोक्षौ भयं तथा।
कल्पनामात्रमेवैतत्किंमे कार्येंचिदात्मनः ॥२०॥

जनक जी आगे कहते हैं कि शरीर, स्वर्ग, नरक, बन्धन, मोक्ष, भय आदि सब कल्पनामात्र हैं। इनमें कुछ भी वास्तविक नहीं है। ब्रह्म के सत्य स्वरूप को जाननेवाले ब्रह्मज्ञानी के लिए इन दृश्यमान या कल्पनात्मक नाना रूप पदार्थों या स्थितियों का कोई भी अस्तित्व नहीं है ॥२०॥

सूत्र : २१

अहो जनसमूहेऽपि न द्वैतं पश्यतो मम।
अरण्यमिव संवृत्तं क्व रतिं करवाण्यहम् ॥२१॥

मैं जन समूह में रहता हूँ, किन्तु मुझे यह एक सघन वन-सा ही प्रतीत होता है। इसमें भी अनेकता दिखाई नहीं देती। ऐसी स्थिति में यह मिथ्याभूत संसार में कैसे प्रीति कर सकता हूँ? (अज्ञानी ही मिथ्या पदार्थों से प्रीति करते हैं। यही ज्ञानी और अज्ञानी का भेद है) ॥२१॥

सूत्र : २२

नाहं देहो न मे देहो जीवो नाहमहं हि चित्।
अयमेव ही मे बन्ध आसीद्या जीविते स्पृहा ॥२२॥

न मैं देह हूँ, न ही देही हूँ; न मैं चित्त हूँ न जीव हूँ। फिर भी, जीवन की इच्छा होती है; यही बंधन का कारण है। जीने की इच्छा के कारण ही उसे कर्म-बन्धन निभाना पड़ता है। सच्चिदानंद स्वरूप आत्मा के वास्तविक स्वरूप का ज्ञान हो जाने पर जीवन में मोह नहीं रहता। (जीने-मरने की इच्छा आदि अन्तःकाल के धर्म हैं, असंग चैतन्य स्वरूप आत्मा के नहीं) ॥२२॥

सूत्र : २३

अहो भुवनकल्लोल्लौर्विचित्रैर्द्राक्समुत्थितम्।
मय्यनन्तमहाम्भोधौ चित्तावाते समुद्यते ॥२३॥

जब आत्मा के सच्चे स्वरूप का ज्ञान होता है, तब वह कह उठता है – मैं चैतन्य स्वरूप महा समुद्र हूँ। मुझमें ही ब्रह्मांड रूपी तरंगे उत्पन्न होती हैं। जिस प्रकार तरंगे समुद्र से भिन्न नहीं होती, ऐसे ही ब्रह्मांड मुझसे भिन्न नहीं है ॥२३॥

सूत्र : २४

मय्यनन्तमहाम्भोधौ चित्तवाते प्रशाम्यति।
अभाग्याज्जीववणिजो जगत्योतो विनश्वरः ॥२४॥

मेरे संकल्प-विकल्पात्मक ज्ञान रूप वायु के शान्त होने पर जीव रूपी वणिक की भाग्य रूपी नौका भी शान्त हो जाती है। उसके शान्त या समाप्त होने पर संसार-समुद्र की सब नौकाओं की भी गति भी रुक जाती है। जब मन रूपी पवन नहीं रहता, तो नौकाओं में भी गति भला कैसे होगी ॥२४॥

सूत्र : २५

मय्यनन्तमहाम्भोधावाश्चर्यं जीववीचयः।
उद्यन्तिहनन्ति खेलन्ति प्रविशंति स्वभावतः ॥२५॥

जनक जी कहते हैं कि आश्चर्य है, मेरे निर्विकल्प चैतन्य समुद्र में जीव रूपी तरंगें क्यों पैदा होती हैं? ये तरंगें उठती हैं पर स्वर टकराती हैं, खेलती हैं और अन्त में मुझमें ही खो जाती हैं, यही ब्रह्म ज्ञान है। (शरीरस्थ आत्मा की भी न उत्पत्ति होती है और न नाश होता है। ज्ञानवान को बोधितानुवृत्ति के कारण जगत की प्रतीति भी होती है, तब भी उसकी कोई हानि नहीं) ॥ 25॥

तीसरा प्रकरण

सूत्र : १

अविनाशिनमात्मानमेकं विज्ञाय तत्त्वतः।
तवात्मज्ञानस्य धीरस्य कथमर्थार्जने रतिः ॥१॥

जनक जी के अनुभव की परीक्षा करते हुए अष्टावक्र जी कहते हैं कि निश्चित रूप से आत्मा को अविनाशी और अखंड मानकर भी साधारण विवेकी तत्त्वज्ञ आत्म-ज्ञानी भी सांसारिक व्यवहार में धन-दौलत का लोभी क्यों हो जाता है ॥१॥

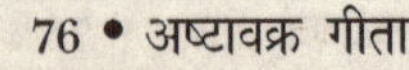

सूत्र : २

आत्माज्ञानादहो प्रीतिर्विषय भ्रमगोचरे।
शुक्तेर ज्ञानतो लोभो यथा रजतविभ्रमे ॥२॥

(इस प्रश्न का उत्तर स्वयं गुरुमुख से सुनने की इच्छा से जनक जी जब जानना चाहते हैं कि आत्म-ज्ञानी के धनादिक संग्रह में क्या दोष है? तो) शिष्य के प्रश्न का समाधान करते हुए गुरुवर उत्तर देते हैं कि जिस प्रकार सीपी के रंग रूप, आकार-प्रकार से अनभिज्ञ मनुष्य सीपी को चाँदी समझकर उसे पाने का लोभ करता है, वैसे ही आत्म-ज्ञान से अनभिज्ञ व्यक्ति संसारी विषय भोग के प्रति आकर्षित होता है। इस आकर्षण का कारण अज्ञान ही है ॥२॥

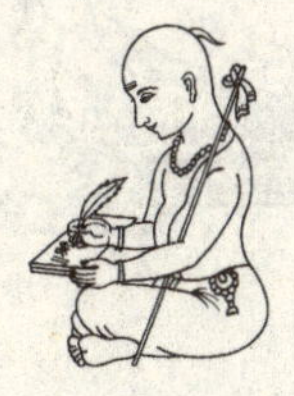

सूत्र : ३

विश्वं स्फुरति यत्रेदं तरङ्गा इव सागरे।
सोऽहमस्मीति विज्ञाय किं दीन इव धावसि ॥३॥

जिस प्रकार सागर में तरंगे उठती हैं और तरंगे सागर से भिन्न नहीं हैं, ऐसे ही यह विश्व विश्वात्मा रूपी सागर की तरंगों के समान है। उन तरंगों को अपनी मानकर अभिमानी पुरुष अहंकार करता है और उन्हें अपनी झोली में भर लेने की, दीन-हीन भिखारी की भाँति व्यर्थ की दौड़-धूप करता है। (आत्म-साक्षात्कार कर लेनेवाला विषयों की तरफ नहीं दौड़ता) ॥३॥

सूत्र : ४

श्रुत्वापि शुद्धचैतन्यमात्मानमति सुन्दरम्।
उपस्थेऽत्यन्तसंसक्तो मालिन्यमधिगच्छति ॥४॥

आत्मा को शुद्ध चैतन्य मनोहारी रूप और स्वभाव के सम्बन्ध में श्रुति वाक्य सुनकर भी सहज-सुलभ होने वाले विषय-भोगों में आसक्त होकर उनके पीछे भागनेवाला आत्मज्ञ व्यक्ति मूर्ख बनता है। (वह ऐसा कैसे बनता है, यह बड़े आश्चर्य की बात है।) ॥४॥

सूत्र : ५

सर्वभूतेषु चात्मानं सर्वभूतानि चात्मनि।
मुनेर्जानत आश्चर्य ममत्वमनुवर्तते ॥५॥

समस्त प्राणियों में आत्मा विद्यमान है और समस्त प्राणी आत्मा में अवस्थित हैं जानकर भी अनेक मुनियों का मन भी माया-ममता से लिपटने के लिए आतुर होता है, यह सचमुच बड़ा आश्चर्य है ॥५॥

सूत्र : ६

आस्थितः परमाद्वैतं मोक्षार्थेऽपि व्यवस्थितः।
आश्चर्यं कामवशगो विकलः केलिशिक्षया ॥६॥

यह भी बड़ा आश्चर्य है कि परम सच्चिदानंद स्वरूप ब्रह्म में पूर्ण आस्था रखनेवाला तथा मुक्ति मार्ग पर पूर्ण विश्वास के साथ चलनेवाला मनुष्य कैसे नाना प्रकार के भोग-विलासों में फँसकर अति व्याकुल हो जाता है? ॥६॥

सूत्र : ७

उद्भूतं ज्ञानदुर्मित्रमवधार्यातिदुर्बलः।
आश्चर्य काममाकांक्षेत्कालमंतमनुश्रितः ॥७॥

विषय-वासना की लोलुपता ज्ञान-मार्ग के पथिक की परम शत्रु है। यह जानकर भी मनुष्य कैसे अधीर और हीन होकर भोग-विलास का शिकार होकर काल का ग्रास हो जाता है, यह भी परम आश्चर्य की बात है ॥७॥

सूत्र : ८

इहामुत्र विरक्तस्य नित्यानित्यविवेकिनः।
अश्चर्य मोक्षकामस्य मोक्षादेव बिभीषिका ॥८॥

यही नहीं, आश्चर्य यह भी है कि सर्वथाः विरक्त, संसारी भोग-विलास से अनासक्त और आत्मा की नित्यता एवं जगत की अनित्यता को जाननेवाला मोक्षाभिलाषी व्यक्ति भी कैसे स्त्री-पुत्रादि के वियोग से भयभीत और शोकातुर हो जाता है ॥८॥

सूत्र : ९

धीरस्तु भोज्यमानोऽपि पीड्यमानोऽपि सर्वदा।
आत्मानं केवलं पश्यन्नतुष्यति न कुप्यति ॥९॥

यथार्थ में ज्ञानी तो वही व्यक्ति है, जो नाना प्रकार के भोग-विलासों के प्रलोभनों में भी अपने मार्ग से विचलित नहीं होता और पाप में डूबे लोगों से पीड़ित होने पर भी उन पर क्रोध नहीं करता; हर्ष-शोक में, सुख-दुःख में एकरस रहता है (यदि ज्ञानी में भी तोष और रोष रहे, तो बड़ा आश्चर्य है।) ॥९॥

सूत्र : १०

चेष्टमानं शरीरं स्वं पश्यत्यन्यशरीरवत्।
संस्तवे चापि निन्दायां कथ क्षुभ्येत्महाशयः ॥१०॥

ज्ञानी वह है, जो निरंन्तर अपने मनचाहे काम करनेवाले शरीर से भी अपनी आत्मा से अलग अनुभव करता है, मानो वह शरीर उसका अपना नहीं, किसी दूसरे का है। ऐसा देहाभिमान रहित व्यक्ति हर्ष-शोक या स्तुति-निन्दा से कैसे व्यक्त होगा? ॥१०॥

सूत्र : ११

मायामात्रमिदं विश्वं पश्यन्विगतकौतुकः।
अपि सन्निहिते मृत्यौ कथं त्रस्यति धीरधीः ॥११॥

सम्पूर्ण विश्व मायामय है, मिथ्या प्रतीति है, यह अनुभव करनेवाला और समस्त उत्कंठाओं से रहित स्थित प्रज्ञ मनुष्य मृत्युकाल के बहुत समीप आने पर भी मृत्यु से भयभीत नहीं हो सकता ॥११॥

सूत्र : १२

निस्पृहं मानसं यस्य नैराश्येऽपि महात्मनः।
तस्यात्मज्ञानतृप्तस्य तुलना केन जायते ॥१२॥

सामान्य रूप से लोगों की दृष्टि से जो स्थिति सर्वथा निराशापूर्ण होती है, उसमें भी पूर्णतया तृप्त और निस्पृह रहनेवाले आत्मज्ञानी मनुष्य की तुलना किसी से नहीं की जा सकती। इस ऊँचाई की अवस्था तक कोई बिरला ही पहुँचता है। (ऐसे व्यक्ति के सब मनोरथ समाप्त हो चुके हैं और वह अपनी आत्मा के आनन्द से ही तृप्त रहता है।) ॥१२॥

सूत्र : १३

स्वभावादेव जानानो दृश्यमेतन्न किंचन।
इदं ग्राह्यमिदं त्याज्यं स किं पश्यति धीरधीः ॥१३॥

जिसे सहज ही यह प्रतीति हो जाए कि यह दृश्यमान जगत कल्पित है, असत् है, ऐसा स्थित प्रज्ञ कभी इस दुविधा में नहीं पड़ता कि किस वस्तु का परित्याग किया जाए या किसको ग्रहण किया जाए। उसकी दृष्टि में सबकुछ अस्तित्वहीन हो जाता है, मानो वह सबकुछ कहीं है ही नहीं ॥१३॥

सूत्र : १४

अन्तस्त्यक्तकशयस्य निर्द्वन्द्वस्य निराशिष।
यदृच्छया गतो भोगो न दुःखाय न तुष्टये ॥१४॥

अन्तःकरण के राग-द्वेष, काम-क्रोध आदि विकारों और शीत-उष्ण आदि द्वन्द्वों से सर्वथा दूर तथा विषय मात्र की वासना से रहित ज्ञानी मनुष्य को संसारी भोग सहज प्राप्त होते हैं। वे उसे न तो अति प्रसन्न करते हैं और न अति दुःखी। वह उनका सेवन करता हुआ भी उनसे अलिप्त रहता है ॥१४॥

चौथा प्रकरण

गुरु अष्टावक्र द्वारा ज्ञानियों के विषय में जो कुछ कहा गया, उसके उत्तर में जनक जी कहते हैं

सूत्र : 1

हन्तात्मज्ञस्य धीरस्य खेलतो भोगलीलया।
न हि संसारवाहीकैमूढैः सह समानता ॥१॥

दैवयोग से प्राप्त भोग्य पदार्थों को सुख-सन्तोष से भोगना ही आत्म-ज्ञानी विवेकशील मनुष्यों का स्वभाव बन जाता है। भोग-विलास में लिप्त मूर्ख मनुष्यों की भोग-लीला से उनकी तुलना नहीं की जा सकती। (प्रारब्ध कर्म के भोग में कष्ट होने पर भी ज्ञानी धीरता से क्लेश सह लेता है, जबकि अज्ञानी मूर्ख अधीरता के कारण क्लेश भी असहनीय बना लेता है।) ॥1॥

सूत्र : २

यत् पदं प्रेप्सवो दीनाः शक्राद्याः सर्व देवताः।
अहो तत्र स्थितो योगी न हर्ष मुपगच्छति ॥२॥

अत्यन्त ऐश्वर्यशाली इन्द्रादि देवता भी जिस व्यावहारिक आत्म-प्रधान जीवन पाने में असमर्थ होकर निराश हो जाते हैं, उस उच्चस्तरीय जीवन को पाकर भी ज्ञानी अत्यधिक सुखी होने का अभिमान कदापि नहीं करता है ॥२॥

(उसके लिए आत्मसुख से बड़ा कोई सुख नहीं होता, जो उसे नित्य प्राप्त होता है।)

सूत्र : ३

तज्ज्ञस्य पुण्यपापाभ्यां स्पर्शो ह्यन्तर्नजायते।
न ह्याकाशस्य धूमेन दृश्यमानापि संगतिः ॥३॥

आत्म-ज्ञानी व्यक्ति जीवन में पुण्य-पाप की राह में गुज़रता हुआ भी ठीक उसी तरह उनसे लिप्त नहीं होता, जैसे धुएँ से आच्छादित होने पर भी धुआँ कभी आकाश का अंग नहीं बनता। आकाश स्वच्छ ही रहता है और धुएँ से अन्ततः असंग रहता है। (जैसे ही आत्म-ज्ञानी का पाप-पुण्य के साथ कोई सम्बन्ध नहीं होता।) ॥३॥

सूत्र : ४

आत्मैवेदं जगत्सर्वं ज्ञातं येन महात्मना।
यदृच्छया वर्तमानं तं निषेद्धुं क्षमेत कः ॥४॥

समस्त जगत वस्तुतः आत्म-तत्त्व प्रधान है और बाह्य रूप मिथ्या प्रतीति मात्र है, यह जानने के बाद आत्म-ज्ञानी जो कुछ करता है, वह सब अन्तःकरण की स्वतः प्रेरणा से करता है। उसके कार्यों से बाहर के विधि-निषेध बाधक नहीं बन सकते ॥४॥

सूत्र : ५

आब्रह्मस्तम्बपर्यन्ते भूतग्रामे चतुर्विधे।
विज्ञस्यैव हि सामर्थ्यमिच्छानिच्छाविवर्जने ॥५॥

ब्रह्मा से तृण पर्यन्त सब प्रकार के प्राणियों से भरे हुए संसार के सब काम किसी अदृश्य शक्ति द्वारा संचालित हो रहे हैं, किसी की इच्छा या अनिच्छा से नहीं। इच्छा और अनिच्छा का विसर्जन आत्म-ज्ञानी पुरुष ही कर सकता है। अतः वही सुखी है, क्योंकि उसे न तो कोई इच्छा है, न अनिच्छा ॥५॥

सूत्र : ६

आत्मानमद्वयं कश्चिज्जानति जगदीश्वरम्।
यद्वेत्ति तत् स करूते न भयं तस्य कुत्राचित् ॥६॥

आत्म-ज्ञानी ही (द्वैत-भाव के न होने के कारण) सबसे अधिक निर्भय रहता है, किन्तु अद्वितीय आत्म-स्वरूप जगदीश्वर के सच्चे स्वरूप का ज्ञान विरले महात्मा को ही होता है। वह जो कुछ करता है, सत्य से ही प्रेरित होकर करता है। ये कार्य वह निर्भय होकर करता है, स्वार्थ अथवा लोकापवाद के भय से कतई नहीं। अतः वही सच्चे अर्थों से सत्कर्म करता है ॥६॥

पाँचवाँ प्रकरण

सूत्र : १

न ते सङ्गोऽस्ति केनापि किं शुद्धस्त्यक्तुमिच्छसि।
संघातविलयं कुर्वन्नेवमेव लयं व्रज ॥१॥

अष्टावक्र जी कहते हैं कि हे शिष्य! यदि तू निस्संग है, निर्लिप्त है, अतः स्वयं शुद्ध-प्रबुद्ध और मुक्त है, तब तेरे लिए ग्राह्य और त्याज्य कुछ भी नहीं है। ('मैं देह हूँ' या 'मेरा यह देह है') इस द्वन्द्वात्मक भाव से तू स्वयं अलग है, तो सब प्रकार के संघात से जड़ वस्तुओं के सम्पर्क को त्यागकर अपने स्वरूप में स्थित हो मोक्ष प्राप्त कर।) ॥१॥

सूत्र : २

उदेति भवतो विश्वं वारिधेरिव बुद्बुदः।
इति ज्ञात्वैकमात्मानमेवमेव लयं व्रज ॥२॥

जलाशय से उठते बुलबुलों की तरह ही इस विश्व की उत्पत्ति हुई है, जिसे स्वयं मिटते हुए बुलबुलों की तरह ही मिट जाना है। यह जानकर आत्मा को विश्वात्मा में लय होने दो। सब स्वयं हो रहा है, अतः संयोग-वियोग में हर्ष-शोक मत करो ॥२॥

सूत्र : ३

समदुःखसुखः पूर्ण आशानैराश्ययोः समः।
समजीवितमृत्यु सन्नेवमेव लयं व्रज ॥३॥

आँखों से प्रत्यक्ष दिखाई देने के कारण ही विश्व के अस्तित्व की सत्यता पर विश्वास न करो। रस्सी में साँप होने की भ्रान्ति भी तो प्रत्यक्ष दिखने के बाद ही होती है। प्रत्यक्ष तो रस्सी भी साँप दिखाई देती है, जो वस्तुतः सच नहीं होती, केवल भ्रान्ति होती है। इसलिए तू शांति को प्राप्त हो ॥३॥

सूत्र : ४

प्रत्यक्षमप्यवस्तुत्वाद् विश्व नास्त्यमले त्वयि।
रज्जु सर्प इव व्यक्तमेवमेव लयं व्रज ॥४॥

हे शिष्य! इसलिए तू इन भ्रान्तियों में मन को मत उलझा। जो त्रिकाल में सत्य है, वह आत्मा ही है। अतः आत्मवान होकर सुख-दुःख, आशा-निराशा, जीवन-मृत्यु में समभाव में रहते हुए कुछ सम दृष्टि से देखते हुए विश्वात्मा में लीन रह। (सम्पूर्ण जगत निश्चय ही ब्रह्मरूप है, ऐसा चिन्तन लय चिन्तन है। तीनों कालों में अशेष रहने वाला केवल ब्रह्म ही है।) ॥४॥

छठा प्रकरण

सूत्र : १

आकाशवदनन्तोऽहं घटवत्प्राकृतं जगत्।
इति ज्ञानं तथैतस्य न त्यागो न ग्रहो लयः ॥१॥

ऋषिवर अष्टावक्र जी कहते हैं कि आत्मा आकाश के समान अनन्त रूप है। प्रकृति के विभिन्न रूपों में वह इस प्रकार बँटा हुआ लगता है, जैसे विराट आकाश घट आदि भिन्न-भिन्न वस्तुओं में दिखाई देता है। सच्चा ज्ञान यही है कि सत्य स्वरूप में आत्मा एक ही है न उसका त्याग, न ग्रहण और न लय होता है ॥१॥

सूत्र : २

महादधिरिवाहं स प्रपंचो वीचिसऽन्निभः।
इति ज्ञानं तथैतस्य न त्यागो न ग्रहो लयः ॥२॥

मैं (आत्मा) समुद्र के समान हूँ और जगत के प्रपंच लहरों के समान है। यही ज्ञान सच्चा और अनुभव सिद्ध है कि आत्मा का त्याग, ग्रहण और लय होना संभव नहीं है ॥२॥

सूत्र : ३

अहं स शुक्तिसंकाशो रूप्यवद्विश्वकल्पना।
इति ज्ञानं तथैतस्य न त्यागो न ग्रहो लयः ॥३॥

जिस प्रकार सीपी में चाँदी के रूप का मिथ्या आभास हो जाता है, वैसे ही जगत में आत्मा सत्य रूपव्रत आभासित होता है। वस्तुतः दोनों कल्पित होते हैं। वास्तविक ज्ञान यही है कि आत्मा में न तो त्याग की, न ग्रहण की और न ही लय की संभावना है ॥३॥

सूत्र : ४

अहं वा सर्वभूतेषु सर्वभूतान्यथो मयि।
इति ज्ञानं तथैतस्य न त्यागो न ग्रहो लयः ॥४॥

मैं (आत्मा) ही समस्त प्राणियों में अधिष्ठित हूँ और समस्त प्राणी जगत मुझमें अधिष्ठित है। मुझमें ही सारा जगत आकाश में नीलिमा की भाँति व्याप्त है। यही ज्ञान सच्चा और अनुभव सिद्ध है। इसलिए आत्मा का त्याग ग्रहण और लय संभव ही नहीं है ॥४॥

सातवाँ प्रकरण

सूत्र : १

मय्यनन्तमहाम्भोधो विश्वपोत इतस्ततः।
भ्रमति स्वांतवातेन न ममास्त्यसहिष्णुता ॥१॥

मेरे (आत्मा के) अनन्त महासागर में संसार रूपी नौका मन रूपी वायु के वेग से चारों ओर घूमती है। (साँसारिक विक्षेप बने भी रहें, तो भी मेरी क्या हानि है)। इन नौका के घूमने से मैं (आत्मा) उसी प्रकार विचलित नहीं होता, जैसे नौका के इधर-उधर घूमने से समुद्र चलायमान नहीं होता (नौका समुद्र को क्षुब्ध नहीं कर सकती।) ॥१॥

सूत्र : २

मय्यनन्तमहाम्भोधौ जगद्वीचिः स्वभावतः।
उदेतु वास्तमायातु न मे वृद्धिर्न च क्षति ॥२॥

मुझ (आत्मा के) अनन्त महासागर में स्वाभाविक रूप से जल रूपी तरंगें चाहे उत्पन्न हों, चाहे नष्ट होती रहें। मुझमें न तो कोई वृद्धि होती है और न कोई ह्रास होता है। मैं उनसे असंग रहता हूँ और मेरा अनन्त अस्तित्व स्थिर रहता है ॥२॥

सूत्र : ३

मय्यनन्तमहाम्भोधौ विश्वं नाम विकल्पना।
अतिशान्तो निराकार एतदेवाहमास्थितः ॥३॥

मेरे अनन्त चैतन्य रूप महासागर में दृश्यमान जगत केवल कल्पना मात्र है। मैं स्वतः पूर्णरूप से शान्त और निराकार रहता हूँ। मुझमें कोई विकार नहीं होता। अपने निर्विकार रूप में मेरी स्थिति यथावत् बनी रहती है (मैं प्रपंच से रहित शान्त रूप होकर स्थित हूँ।) ॥३॥

सूत्र : ४

नात्मा भावेषु नो भावस्तत्रानन्ते निरञ्जने।
इत्यसक्तोऽस्पृहः शांत एतदेवाहमास्थितः ॥४॥

आत्म-भाव की कल्पना देहादिक किसी स्थूल रूप में करना सत्य नहीं है। आत्मा सदैव अनन्त निराकार और असंग रहता है। मैं सदैव अनासक्त, शान्त और निष्काम रहता हूँ। आत्मा अनन्त और निरंजन है। इस रूप में मेरी स्थिति यथावत रहती है ॥४॥

सूत्र : ५

अहोचिन्मात्रमेवाहमिन्द्रजालोपमं जगत्।
अतो मम कथं कुत्र हेयोपादेयकल्पना ॥५॥

मैं (आत्मा) अलौकिक और चिद्‌मान हूँ। जगत के प्रपंच इन्द्रजाल की तरह बनते-बिगड़ते रहते हैं। इसीलिए मेरे ग्रहण करने और त्याग करने की कल्पना हो ही नहीं सकती (अतः आत्मा सम्बन्ध से रहित, इच्छा आदि से रहित और शांत स्वरूप है।) ॥५॥

आठवाँ प्रकरण

सूत्र : १

तदा बन्धो यदा चित्तं किन्चिद् वांछति शोचति।
किंचिन् मुंचति गृण्हाति किंचिद् हृष्यति कुप्यति ॥१॥

अष्टावक्र जी कहते हैं कि जब चित्त कुछ पाने की इच्छा करता है, तो उसे न पाकर शोकातुर होता है। कभी त्याग करना चाहता है, तो कभी पुनः ग्रहण करने की चाह करता है। पाने पर व्यक्ति हर्षित होता है और न पाने पर क्षुब्ध (अथवा क्रोधित) होता है। तभी वह बन्धन ग्रस्त होता है। यह इच्छा-अनिच्छा ही बन्धन का दुःख का कारण बन जाती है ॥१॥

सूत्र : २

**तदा मुक्तिर्यदा चित्तं न वांछति न शोचति।
न मुंचति न गृह्णाति न हृष्यति न कुप्यति ॥२॥**

इस दुःख से मुक्ति तभी मिलती है, जब चित्त न तो इच्छा करे, न शोक करे और न त्याग की इच्छा करे। कुछ पाकर अति प्रसन्न न हो और इच्छित वस्तु न पाने पर क्रोध न करे (सभी स्थितियों में एकरस रहने पर ही पुरुष का मोक्ष हो जाता है।) ॥२॥

सूत्र : ३

तदा बन्धो यदा चित्तं सक्तं कान्यपि दृष्टिषु।
तदा मोक्षो यदा चित्तमसक्तं सर्वदृष्टिषु ॥३॥

जब तक चित्त में आत्मा से भिन्न कुछ भी प्राप्त करने की आसक्ति रहेगी, तब तक बन्धन रहेगा। जब सब ओर से, सभी दृष्टियों से अनासक्ति भाव आ जाएगा, वह किसी भी पदार्थ या विषय में आसक्त न होगा, तभी मोक्ष-लाभ हो सकेगा (मुक्त होकर वह कदापि बन्धन-ग्रस्त नहीं रहता।) ॥३॥

सूत्र : ४

यदा नाहं तदा मोचो यदाहं बन्धनं तदा।
मत्वेति हेलया किंचिन्मा गृहाण विमुंच मा ॥४॥

जब तक अपने देह का, अहं भाव का, 'मैं देह हूँ' इस दैहिक विषय का अभिमान चित्त में बना रहेगा, तब तक बन्धन रहेगा। अहंभाव के सर्वथा लुप्त होने पर ही किसी वस्तु के ग्रहण या परित्याग की इच्छा नहीं रहेगी और तभी उसे देह-बन्धन से मुक्ति प्राप्त हो सकेगी ॥४॥

नवाँ प्रकरण

सूत्र : १

**कृताकृते च द्वन्द्वानि कदा शान्तानि कस्य वा।
एवं ज्ञात्वेह निर्वेदाद्भवत्यागपरोऽव्रती ॥१॥**

अष्टावक्र जी वैराग्य के स्वरूप का वर्णन करते हुए कहते हैं 'यह करना उचित है,' 'वह करना अनुचित है' आदि सभी द्वन्द्वात्मक संशय किसी के कभी शान्त नहीं होते। इनसे सर्वथा निवृत्ति पाना असंभव है। यह जानकर मनुष्य को चाहिए कि वह समस्त विषयों के प्रति त्याग-परायण रहे (इनसे रहित होने का अतिशय आग्रह भी न करे) और अतिशय आग्रह एवं तीव्र भावावेश से दूर रहे, तभी तू वैराग्य प्राप्त कर सकेगा (तू अव्रती है और मेरा हठ किसी में भी नहीं है।) ॥१॥

सूत्र : २

कस्यापि तात धन्यस्य लोकचेष्टावलोकनात्।
जीवितेच्छा बुभुक्षा च बुभुत्सोपशमं गताः ॥२॥

हे शिष्य! संसार में शायद ही ऐसा कोई व्यक्ति हो, जिसके मन में दीर्घ जीवन की, संसारी भोग भोगने की सबकुछ देखने-जानने की उत्कंठा आदि स्वाभाविक प्रवृत्तियाँ न हो (ये ही सब जीवों के बन्धन के कारण हैं, अतः इनसे विराग हुए बिना मोक्ष लाभ नहीं हो सकता)। इनसे सर्वथा निवृत्ति पाने वाला मुक्त वैराग्यवान कोई विरला ही होता है ॥२॥

सूत्र : ३

अनित्यं सर्वमेवेदं तापत्रयदूषितम्।
असारं निन्दितं हेयमिति निश्िंत्य शाम्यति ॥३॥

समस्त दृश्यमान जगत अनित्य है, तीनों प्रकार के (दैविक-दैहिक एवं भौतिक) संतोषों से पीड़ित है, निस्सार है और निन्दनीय है। यह सब अपने ही अनुभव से जान लेने के पश्चात मनुष्य का मन संसारी विषयों के प्रति उदासीन हो सकता है (सब प्रपंच असार, तुच्छ त्यागने योग्य है, ऐसा समझ लेने पर ज्ञानवान को किसी पदार्थ की इच्छा नहीं रहती।) ॥३॥

सूत्र : ४

कोऽसौ कालो वयःकिं वा यत्र द्वन्द्वानि नो नृणाम्।
तान्युपेक्ष्य यथाप्राप्तवर्ती सिद्धिमवाप्नुयात ॥४॥

(सुख-दुःख आदि द्वन्द्व किसी ख़ास काल अथवा अवस्था में नहीं व्यापते अतः) ऐसी कोई कालावधि नहीं, जब मनुष्य को इन द्वन्द्वों से छुटकारा मिला हो और न इनकी कोई अवस्था होती है। इनसे सर्वथा मुक्त होना सम्भव नहीं। किन्तु इतनी उपेक्षा करके, संकल्प-विकल्पों के आग्रह से उदासीन होकर प्रारब्ध कर्मानुसार प्राप्त भोगों को अनासक्त भाव निभाते हुए ही मनुष्य मुक्ति प्राप्त कर सकता है ॥४॥

सूत्र : ५

नाना मतं महर्षीणां साधूनां योगिनां तथा।
दृष्ट्वा निर्वेदमापन्नः को न शाम्यति मानवः ॥५॥

महान योगियों एवं ऋषि-महर्षियों में भी तर्क-शास्त्र और कर्मकांड के विषय में मतभेद रहे हैं और साधु-सन्तों की विचार-शैली भी अनेकाविध रही है। इन मतभेदों से उद्विग्न हुए बिना और इनकी उपेक्षा करते हुए अपने अन्तर्ज्ञान से सबमें समता स्थापित करके ही मनुष्य का मन शान्त हो सकता है ॥५॥

सूत्र : ६

कृत्वा मूर्तिपरिज्ञानं चैतन्यस्य न किं गुरुः।
निर्वेदसमतायुक्त्या यस्तारयति संसृतेः ॥६॥

(जिसने विषय-भोग त्याग, शत्रु-मित्र को समान समझ के सच्चिदानंद रूप अपनी आत्मा का साक्षात्कार कर लिया है, वही) सर्वथा निर्वेद होकर, भाववेश का परित्याग कर, सम-दृष्टि रखते हुए, सदा चैतन्य रूप आत्म-भाव से ही श्रद्धा रखनेवाला मनुष्य स्वयं भी संसारी माया-पाश से मुक्त हो सकता है तथा औरों को भी भव-सागर से बचाकर पार लगा सकता है (ज्ञान-प्राप्ति के अनन्तर गुरु-शिष्य व्यवहार भी अर्थहीन हो जाता है, क्योंकि तब भेद-बुद्धि समाप्त हो जाती है। व्यक्ति स्वयं ही अपना गुरु बन जाता है।) ॥६॥

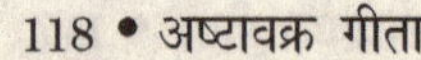

सूत्र : ७

पश्यभूतविकारांस्त्वं भूतमात्रान् यथार्थतः।
तत्क्षणाद्बन्धनिर्मुक्तःस्वरूपस्थो भविष्यसि ॥७॥

देह और सभी दैहिक इन्द्रियों को पंच महाभूतों का विकार जानकर तथा उनके दुःख मूलक वास्तविक रूप की जानकारी होने के बाद मनुष्य तत्काल उनसे छुटकारा पा सकता है और अपने सत्य स्वरूप में आस्थावान हो सकता है ॥७॥

सूत्र : ८

वासना एव संसार इति सर्वा विमुञ्चताः।
तत्त्यागो वासनात्यागात्स्थितिरद्य यथा तथा ॥८॥

सांसारिक विषयों को वासना (उत्तम लोक-स्वर्ग पाने की लोक-वासना, शास्त्रों के पारंगत होने की शास्त्र-वासना, शरीर को सुन्दर-पुष्ट बनाने की शरीर-वासना) होना ही संसारी है, इसलिए इन सब वासनाओं का परित्याग कर दो। वासनाओं के त्याग के बाद, आत्मनिष्ठ होने से संसार का त्याग स्वयं हो जाता है। ऐसा त्याग संस्कार होने पर भी प्रारब्धानुसार अनासक्त भाव से कर्म-योग की अवस्था तो बनी ही रहती है ॥८॥

विशेष : आत्म-साक्षात्कार की वासना शुद्ध वासना है, जिसका नाश करना उपयोगी नहीं, किन्तु जीवन्मुक्त के लिए समस्त वासनाओं का त्याग, मन का भी नाश और आत्म-ज्ञान तीनों उपयोगी है। जीवन-मुक्ति के आनन्द के लिए समग्र वासनाओं का त्याग आवश्यक है।

दसवाँ प्रकरण

सूत्र : १

विहाय वैरिणं काममर्थं चानर्थसंकुलम्।
धर्ममप्येतयोर्हेतुं सर्वत्रानादरं कुरु ॥१॥

आत्म-ज्ञान ही सर्वोपरि है। इस प्रकरण में विषयों की तृष्णा के त्याग का उपदेश देते हुए ऋषिवर अष्टावक्र ने कहा, 'ज्ञान-मात्र का सबसे बड़ा शत्रु काम विषयों की तीव्र कामना है (जो सब अनर्थों का मूल और दुर्जेय है), उसका त्याग कर। फिर अर्थ का, धन-दौलत के संचय-व्यय दुःखजनक कार्यों का परित्याग कर। बाद में संसारी धर्म आडम्बरपूर्ण सामाजिक व्यवहार से व्याप्त सभी सकाम कामों की आसक्ति का परित्याग कर दे ॥१॥

सूत्र : २

स्वप्नेन्द्रजालवत्पश्य दिनानि त्रीणि पंच वा।
मित्रक्षेत्रधनागारदारदाया दिसम्पदः ॥२॥

सांसारिक जीवन में तीन-पाँच, या कुछ कम अधिक, दिनों तक ही साथ देनेवाले मित्र, धन, निवास, पत्नी, परिवार आदि सब प्रकार की सम्पदा का परित्याग कर दें। ये सब अनित्य हैं, स्वप्न में दिखनेवाले इन्द्रजाल की तरह क्षण भंगुर हैं (अतः इनमें ममता का त्याग करना उत्तम है।) ॥२॥

सूत्र : ३

यत्र यत्र भवेत्तृष्णा संसारं विद्धि तत्र वै।
प्रौढ़वैराग्यमाश्रित्य वीततृष्णः सुखी भव ॥३॥

जहाँ-जहाँ विषयों के प्रति तृष्णा होती है, लगाव पैदा होता है, इन सबका त्याग कर दें, क्योंकि इनसे ही संसारी कर्म-जाल बनता है। केवल तीव्र-वैराग्य का सहारा लेकर अप्राप्त विषयों के प्रति इच्छा रहित रहते हुए ही सुख की प्राप्ति हो सकती है ॥३॥

सूत्र : ४

तृष्णामात्रात्मको बन्धस्तन्नाशो मोक्ष उच्यते।
भवासंसक्तिमात्रेण प्राप्तितुष्टिर्मुहुर्मुहुः ॥४॥

तृष्णा ही सारे संसारी बन्धनों का कारण है, उसके त्याग से मोक्ष की प्राप्ति संभव है। संसार का परित्याग करके बार-बार आत्म ज्ञान के अभ्यास से उत्पन्न सन्तोष ही मोक्ष के आनन्द की अनुभूति पैदा करता है। जीवन्मुक्त होने का यही मार्ग है ॥४॥

सूत्र : ५

त्वमेकचेतनः शुद्धो जडं विश्वमसत्तथा।
अविद्यापि न किञ्चित्सा का बुभुत्सा तथापि ते ॥५॥

तू आत्मा-रूप होने से अद्वितीय शुद्ध और चेतन है। आत्मज्ञान की इच्छा बन्धन का कारण नहीं बनती। जड़ पदार्थों में आसक्ति ही तृष्णा कहलाती है, क्योंकि यह संसार जड़ और असत् है। अविद्या भी असत् है और असत् का ज्ञान पाने की कामना निरर्थक है और बन्धन का कारण है ॥५॥

सूत्र : ६

राज्यं सुताः कलत्राणि शरीराणि सुखानि च।
संसक्तस्यापि नष्टानि तव जन्मनि ॥६॥

राज्य, पुत्र, स्त्री, शरीर आदि विषयों की कामना में ही तुमने जन्म-जन्मान्तर बिता दिए, फिर भी स्थायी सुख नहीं मिला, क्योंकि ये सब तेरे कुछ पल के साथी थे, अनित्य थे और क्षण-भंगुर थे ॥६॥

विशेष : जाग्रत अवस्था में स्वप्न एवं सुषुप्ति अवस्थाओं के पदार्थ असत्, स्वप्न अवस्था में जाग्रत एवं सुषुप्ति अवस्था के पदार्थ मिथ्या होते हैं और सुषुप्ति में जाग्रत एवं स्वप्न अवस्था के पदार्थ मिथ्या होते हैं। इस प्रकार इन अवस्थाओं का परस्पर भिन्न जगत अज्ञान अवस्था ही है, जो ज्ञान प्राप्त होने पर मिथ्या प्रतीत होने लगता है।

सूत्र : ७

अलमर्थेन कामेन सुकृतेनापि कर्मणा।
एभ्यः संसारकान्तारे न विश्रान्तमभून्मनः ॥७॥

अतः अब अर्थ, कामादि का विचार भी छोड़ दें एवं सकाम संसार रूपी दुर्गम मार्ग पर चलते हुए तुझे शान्ति नहीं मिलेगी, विश्राम नहीं मिलेगा और संसारी बन्धनों का नाश नहीं होगा ॥७॥

सूत्र : ८

कृतं न कति जन्मानि कायेन मनसा गिरा।
दुःखमायासदं कर्म तदद्याप्युपरम्यताम् ॥८॥

अपने शरीर से, मन से, वाणी से तुमने दुःख देने वाले कर्म न जाने कितने जन्मों तक कर लिए। जन्म जन्मान्तरों में किए गए उन कर्मों के परिणामस्वरूप तुम्हें कभी स्थायी सुख नहीं मिला। यह सब जानने के बाद अब तो इन कर्मों की शृंखला को तोड़ दे। सकाम कर्म ही बन्धन का तथा दुःखों का कारण बनते हैं ॥८॥

ग्यारहवाँ प्रकरण

सूत्र : १

भावाभावविकारश्च स्वभावादिति निश्चयी।
निर्विकारो गतक्लेशः सुखेनैवोपशाम्यति ॥१॥

चित्त की शांति आत्म-ज्ञान के बिना किसी उपाय से नहीं होती, यह बताते हुए अष्टावक्र जी कहते हैं भाव और अभाव दोनों ही विकार जन्य हैं। किसी वस्तु का भाव अथवा दूसरी वस्तु का अभाव कर्मों के परिणामस्वरूप होते ही रहते हैं। ये दोनों ही कष्ट के कारण हैं। कष्टों से मुक्ति और सुख की प्राप्ति तो भाव-अभाव दोनों से रहित निर्विकार आत्मा के स्वरूप का ज्ञान होने से ही होगी ॥१॥

सूत्र : २

ईश्वरः सर्वनिर्माता नेहान्य इति निश्चयी।
अन्तर्गलितसर्वाशः शान्त क्वापि न सज्जते ॥२॥

संसार का निर्माण ईश्वर के ही अधीन है, जीव के वश में कुछ भी नहीं है। जिसे इस सत्य का पक्का ज्ञान हो गया है, उसका मन आशा-तृष्णा के जाल में नहीं फँसता, वह सर्वत्र शान्त और आसक्ति से रहित रहता है ॥२॥

सूत्र : ३

आपदः सम्पदः काले दैवादेवेति निश्चयी।
तृप्तः स्वस्थेन्द्रियो नित्यं न वाञ्छति न शोचति ॥३॥

जीवन में आपत्ति, विपत्ति और सम्पत्ति प्रारब्धवश स्वयं आती जाती रहती है। यह भली-भाँति समझ लेने पर ज्ञानी मनुष्य सदा सन्तुष्ट तृप्त और स्वस्थ चित्त होकर, तो कुछ पाने की तीव्र इच्छा करता है और न ही कुछ खोने के बाद शोकाकुल होता है ॥३॥

सूत्र : ४

सुखदुःखे जन्ममृत्यू दैवादेवेति निश्चयी।
साध्यादर्शी निरायासः कुर्वन्नपि न लिप्यते ॥४॥

सुख-दुःख जन्म-मरण आदि तो दैव-योग से स्वतः ही होते रहते हैं, इस सच्चाई को जानकर ज्ञानी मनुष्य अनायास सब कर्म करते हुए भी उनमें आसक्त नहीं होता, क्योकि वह 'मैं कर्ता हूँ' इस अभिमान से मुक्त हो जाता है। उसके कर्ताभाव या अहंभाव ही दुःख का कारण है ॥४॥

सूत्र : ५

चिन्तया जायते दुःखं नान्यथेहेति निश्चयी।
तया हीनः सुखी शान्तः सर्वत्र गलितस्पृहः ॥५॥

इस संसार में दुःख तो चिन्ता से ही पैदा होता है, अन्यथा होगा ही नहीं, यह जानने के बाद मनुष्य चिन्ता रहित होकर शान्त और निस्पृह इच्छा रहित हो जाता है। इस प्रकार ज्ञानी व्यक्ति सुख का अधिकारी बनता है ॥५॥

सूत्र : ६

नाहं देहो न मे देहो बोधोऽहमिति निश्चयी।
कैवल्यमिव संप्राप्तो न स्मरत्यकृतं कृतम् ॥६॥

'मैं देह नहीं हूँ' 'देह मेरा नहीं है', 'मैं तो विशुद्ध चैतन्य रूप हूँ' यह जानकर ही मनुष्य 'कैवल्य' की स्थिति प्राप्त करता है अर्थात् मुक्ति पाने की मनःस्थिति में पहुँचता है। कर्तृत्व-अकर्तृत्व और कर्म-अकर्म की स्मृति भी उसके मन में नहीं रहती ॥६॥

सूत्र : ७

आब्रह्मस्तम्बपर्यन्तम् अहमेवेति निश्चयी।
निर्विकल्पः शुचिः शान्त प्राप्ताप्राप्तविनिर्वृतः ॥७॥

विशाल ब्रह्मांड से लेकर छोटे से तिनके तक मैं आत्मा रूप से व्याप्त हूँ, इस प्रकार की अवस्थावाले मनुष्य के संकल्प-विकल्प समाप्त हो जाते हैं। उसे विषय-वासना से मुक्ति मिल जाती है। ऐसा जीवमुक्त खाने या पाने के प्रलोभन से निवृत्त हो जाता है ॥७॥

सूत्र : ८

नाश्चर्यमिदं विश्वं न किंचिदिति निश्चयी।
निर्वासनः स्फूर्तिमात्रो न किंचिदिव शाम्यति ॥८॥

ब्रह्म-ज्ञानी को अनेक रूपों से दिखलाई देनेवाला विश्व भी अकिंचन प्रतीत होता है और सर्वथा निरर्थक लगता है। ऐसे आत्म-ज्ञानी व्यक्ति का वासना रहित होना सर्वथा स्वाभाविक है। वह किसी भी संसारी व्यवहार से दूर रहकर केवल आत्म-सत्ता की अनुभूति से सदा गतिशील रहता है, स्फूर्तिवान रहता है ॥८॥

बारहवाँ प्रकरण

ऋषि अष्टावक्र की ज्ञान-चर्चा से प्रभावित होने के बाद उनके शिष्य राजा जनक ने निवेदन किया

सूत्र : 1

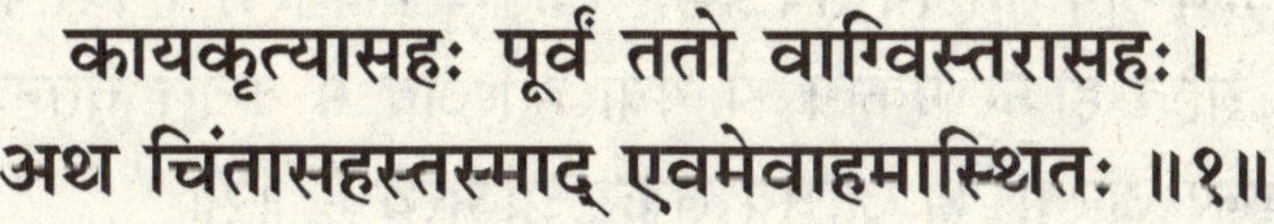

कायकृत्यासहः पूर्वं ततो वाग्विस्तरासहः।
अथ चिंतासहस्तस्माद् एवमेवाहमास्थितः ॥१॥

गुरुवर! आपके उपदेश से मैंने पहले तो कायिक कर्म (शारीरिक श्रम-जाल) का त्याग कर दिया। फिर वाणी के जपादि अनुष्ठानों (वाचक कर्म) छोड़ा और इसके बाद मन के संकल्प-विकल्प (मानसिक कर्म), रूप-चिन्तन आदि का परित्याग कर दिया। अब तो मैं केवल चैतन्य स्वरूप आत्मा का आश्रय लेकर उसी में स्थित हूँ ॥1॥

सूत्र : २

प्रीत्यभावेन शब्दादेरदृश्यत्वेन चात्मनः।
विक्षेपैकाग्रहृदय एवमेवाहमास्थितः ॥२॥

अब शब्द-स्पर्शादि के प्रति कोई मोह न होने और आत्मा के अदृश्य होने से हृदय सब प्रकार (कर्तृव्य-भोक्तृत्व) के विक्षेपों से रहित होकर एकाग्र हो गया है। अब मैं केवल चैतन्य स्वरूप आत्मा का आश्रय लेकर आत्मस्थ हूँ ॥२॥

सूत्र : ३

समाध्यासादिविक्षिप्तौ व्यवहारः समाधये।
एवं विलोक्य नियमंएवमेवाहमास्थितः ॥३॥

यदि 'मैं कर्ता हूँ', 'मैं भोक्ता हूँ' की प्रतीति से एकाग्रता में बाधा पहुँचती है, तो उसके निवारणार्थ ही समाधि आदि अनुष्ठानों की साधना आवश्यक होती है। किन्तु अब मु झे साधना-सिद्धि के बने नियमों के पालन की आवश्यकता ही नहीं। मैं तो अब केवल चैतन्य रूप आत्मा के आश्रय में स्थित हूँ ॥३॥

सूत्र : ४

हेयोपादेयविरहाद् एवं हर्षविषादयोः।
अभावादद्य हे ब्रह्मन्नेवमेवाहमास्थितः ॥४॥

इस मनःस्थिति में मुझे न तो कुछ या कोई त्यागने योग्य दिखाई देता है और ना ही ग्रहण करने योग्य। हर्ष-शोक भी अब मुझे विचलित नहीं करते। इस कारण सब प्रकार के अभावों में ही मेरा यह मन अवस्थित है ॥४॥

सूत्र : ५

आश्रमानाश्रमं ध्यानं चित्तस्वीकृतवर्जनम्।
विकल्पं मम वीक्ष्यैतैरेवमेवाहमास्थितः ॥५॥

आत्मा रूप से मैं चिन्मय मन और ध्यानमयी बुद्धि से अलग हूँ। अतः संसारी वर्णाश्रम धर्म के नियम, विधि-निषेध मेरे लिए नहीं हैं। मैं तो सभी कर्मों का साक्षी मात्र रहता हूँ और अपने आत्म-स्वरूप में ही स्थित रहता हूँ ॥५॥

सूत्र : ६

कुर्मानुष्ठानमज्ञानाद्यथैवोपरमस्तथा।
बुध्वा सुम्यगिदं तत्त्वं एवमेवाहमास्थितः ॥६॥

संसारी कर्मानुष्ठान तभी तक अनिवार्य हैं, जब तक व्यक्ति को आत्म-ज्ञान नहीं होता। उसके त्याग का अनुष्ठान भी अज्ञानवश ही होता है। इस तत्त्व-ज्ञान को यथार्थ रूप से जान लेने के बाद मैं आत्म-स्वरूप में ही अधिष्ठित हूँ ॥६॥

सूत्र : ७

अचिन्त्यं चिन्त्यमानोऽपि चिंतारूपं भजत्यसौ।
त्यक्त्वा तद्भावनं तस्मादेवमेवाहमास्थितः ॥७॥

चिन्तन द्वारा ब्रह्म की प्राप्ति होने का विचार भी अज्ञानवश होता है, इससे आत्मा चिन्ता-ग्रस्त हो बन्धन में पड़ जाती है। इस चिन्तन से भी मुक्त होकर अब मैं अपने आत्म-स्वरूप में पूर्णतः स्थित हूँ ॥७॥

सूत्र : ८

एवमेव कृतं येन स कृतार्थो भवेदसौ।
एवमेव स्वभावो यः स कृतार्थो भवेदसौ ॥८॥

सर्व क्रिया रहित जिस ज्ञानी ने इस प्रकार आत्म-स्वरूप में स्थित होने की सिद्धि प्राप्त कर ली है, वही कृतार्थ है। जिसे स्वभाव से शुद्ध आत्म-स्वरूप में स्थित रहने का ज्ञान हो गया है, उसके कृतार्थ होने में कोई सन्देह नहीं ॥८॥

तेरहवाँ प्रकरण

सूत्र : १

अकिंचनभवं स्वास्थ्यं कौपीनत्वेऽपिदुर्लभम्।
त्यागादाने विहायास्मादहमासे यथासुखम् ॥१॥

इस प्रकरण में जीव-मुक्त होने का फल बताते हुए शिष्य कहता है आत्म स्वरूप में स्थिति होने की ये कृतार्थता आसक्ति के सर्वथा त्याग से ही प्राप्त होती है। यदि केवल कोपीन में भी आसक्ति रह जाए, तब भी चित्त की पूर्ण स्वस्थता-स्थिरता सम्भव नहीं होती। सभी प्रकार के त्याग और ग्रहण का भाव सर्वतः त्याग करके ही मैं शाश्वत सुख का अधिकारी बना हूँ॥१॥

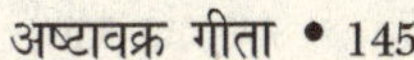

सूत्र : २

कुत्रापि खेदः कायस्य जिह्वा कुत्रापि खेद्यते।
मनःकुत्रापि तत्त्यक्त्वा पुरुषार्थे स्थितः सुखम् ॥२॥

कठिन श्रम एवं व्रत के पालन से शरीर को कष्ट होता है, अतिशय जप-जाप करने से जिह्वा को कष्ट होता है; अतिशय निषेध करने, चित्त का अवरोध करने से मानसिक सन्ताप होता है। अतः इन तीनों प्रकार की (मनसा, वाचा, कर्मणा) कष्टदायी साधनाओं का भी परित्याग करके मैं ज्ञान मात्र से आत्मरूप से सुखपूर्वक स्थित हूँ ॥२॥

सूत्र : ३

कृतं किमपि नैव स्याद् इति संचिन्त्य तत्त्वतः।
यदा यत्कर्तुमायाति तत् कृत्वासे यथासुखम् ॥३॥

जो कर्तव्य-कर्म अनायास बन पड़ता है, उसे अहंकार रहित भाव से करते हुए मैं आत्म स्वरूप में स्थित हूँ। अहं भाव से देह द्वारा किया हुआ कार्य ही कष्ट देता है। अहं भाव से रहित कर्म आत्मा को कर्म-जाल में नहीं बाँधता है ॥३॥

सूत्र : ४

कर्मनैष्कर्म्यनिर्बन्धभावा देहस्थयोगिनः।
संयोगायोगविरहादहमासे यथासुखम् ॥४॥

कर्म और निष्कर्म का अभिमान तो देह में आसक्त तथा कथित कर्मयोगियों को ही होता है। देह भाव से शून्य होकर मैं संयोग और वियोग दोनों का ही परित्याग करके आत्म-स्वरूप से सुख से स्थित हूँ ॥४॥

सूत्र : ५

अर्थानथौ न मे स्थित्या गत्या न शयनेन वा।
तिष्ठन् गच्छन् स्वपंतस्मादहमासे यथासुखम् ॥५॥

'मैं बैठा हूँ, चल रहा हूँ या सो रहा हूँ'– ये सब काम स्वयं ही अनायास सहज रूप से होते जाते हैं। किसी कार्य में किसी प्रकार के लाभ-हानि का भाव नहीं रहता। इन्हें न तो मैं यत्नपूर्वक करता हूँ और न ही इन्हें करके मुझे कोई उल्लास होता है। अतः ये सब काम प्रकृतिवश अपने आप हो रहे हैं–यही मानकर मैं सुखपूर्वक आत्मस्वरूप में स्थित हूँ ॥५॥

सूत्र : ६

स्वपतो नास्ति मे हानिः सिद्धिर्यन्त्रवतो न वा।
नाशोल्लासौ विहायास्मदहमासे यथासुखम् ॥६॥

यत्न से रहित होकर यदि मैं सोता ही रहूँ, तब भी कोई हानि नहीं और विशेष यत्न करने से मुझे किसी फल की प्राप्ति का भी भाव नहीं है। इसलिए यत्न करने और यत्न न करने से मुझे कोई हर्ष-शोक नहीं है। अतः मुक्त आत्मा है। हानि-लाभ का भाव त्याग जो सुलभ है, उसी से सुखपूर्वक स्थित हूँ ॥६॥

सूत्र : ७

सुखादिरूपा नियमं भावेष्वालोक्य भूरिशः।
शुभाशुभे विहायास्मादहमासे यथासुखम् ॥७॥

अनेक जन्मों में सुखादि रूप की अनित्यता बार-बार देख चुका हूँ और मैं समझ गया हूँ कि भावनापूर्वक किए गए कामों में सुख-दुःख तो होते ही रहते हैं, किन्तु ये सब अनियमित और क्षण-स्थायी ही होते हैं। शुभ-अशुभ की भावना भी अरोपित होने के कारण बदलती रहती है, इसलिए इन भावनाओं को भी परित्याग करके मैं सुखपूर्वक नित्य स्थायी आत्म-स्वरूप में स्थित हूँ ॥७॥

चौदहवाँ प्रकरण

सूत्र : १

प्रकृत्या शून्यचित्तो यः प्रमादाद्भावभावनः।
निद्रितो बोधित इव क्षीणसंसरणो हि सः ॥१॥

इस प्रकरण में जनक जी शान्ति-चतुष्ट्य का वर्णन करते हुए कहते हैं कि जो मनुष्य स्वभाव से चित्त ही वृत्तियों से शून्य होता है, किन्तु यदि कभी प्रमादवश भावानिभूत हो जाए या अज्ञानवश संकल्प-विकल्प में पड़ जाए तो वह निद्राग्रस्त होने पर भी जागृतवत काम करने वाले व्यक्ति की तरह स्वयं इच्छा वश संसारी की भाँति कर्म-जाल के बन्धन में कदाचित् नहीं बँधता ॥१॥

सूत्र : २

क्व धनानि क्व मित्राणि क्व मे विषयदस्यवः।
क्व शास्त्रं क्व विज्ञानं यदा मे गलिता स्पृहा ॥२॥

मेरी भी गति यही है। निरासक्त होने के बाद अब मेरा कोई विशेष मित्र नहीं, धन नहीं, विषय-वासना से संग नहीं और मन में शास्त्र-ज्ञान या मौलिक ज्ञान का अभिमान भी नहीं। किसी भी पदार्थ या विषय में मेरी कोई असक्ति नहीं है ॥२॥

सूत्र : ३

विज्ञाते साक्षिपुरुषे परमात्मनि चेश्वरे।
नैराश्ये बन्धमोक्षे च न चिन्ता मुक्तये मम ॥३॥

समस्त विश्व के साक्षी रूप में विद्यमान सर्वशक्ति-सम्पन्न ईश्वर (परमात्मा) का ज्ञान होने पर मनुष्य प्रभु-चरणों में पूर्णरूपेण समर्पित हो जाता है। तब उसे किसी प्रकार के बन्धन या मोक्ष की चिन्ता नहीं रहती। (जीव-ईश्वर की अभेदता को जान लेनेवाले मुक्त पुरुष की मुक्ति की कोई चिन्ता नहीं रहती।) उसके लिए ईश्वरेच्छा ही बस उसका आश्रय बन जाती है ॥३॥

सूत्र : ४

अन्तर्विकल्प शून्यस्य बहिः स्वच्छन्दचारिणः।
भ्रान्तस्येव दशास्तास्ताः तादृशा एव जानते ॥४॥

संकल्प-विकल्प के संशयों से ऊपर उठ जानेवाले मनुष्य सामाजिक बन्धनों से मुक्त होकर विचरते हैं। बाह्य दृष्टि से उनमें विक्षिप्त होने की भ्रान्ति हो सकती है। किन्तु उनकी मन की अवस्था को वही ठीक तरह से जान पाते हैं, जो स्वयं सब द्वन्द्वों से मुक्त होते हैं, सामान्यजन नहीं जानते ॥४॥

पन्द्रहवाँ प्रकरण

सूत्र : १

यथातथोपदेशेन कृतार्थः सत्त्वबुद्धिमान्।
आजीवमपि जिज्ञासुः परस्तत्र विमुह्यति ॥१॥

सात्विक बुद्धि का व्यक्ति सत्य ज्ञान के थोड़े से ही सार गर्भित उपदेश को हृदयंगम करके कृतार्थ हो जाता है और ज्ञान को आत्मसात् कर लेता है। इसके विपरीत तामसी बुद्धि और प्रकृति का जिज्ञासु मनुष्य जीवनपर्यन्त उपदेश सुनकर भी मूर्ख बना रहता है ॥१॥

सूत्र : २

मोक्षो विषयवैरस्यं बन्धो वैषयिको रसः।
एतावदेव विज्ञानं यथेच्छसि तथा कुरु ॥२॥

विषय-भोगों में आसक्ति न रहना ही 'मोक्ष' है और विषयों में प्रीति रखना, उनमें रस लेना ही बन्धन का कारण है। समस्त ज्ञान-चर्चा का यही सारांश है। इसे जानकर जैसे तेरी रुचि हो, वैसा आचरण बना सकता है ॥२॥

सूत्र : ३

वाग्मिप्राज्ञामहोद्योगं जनं मूकजडालसम्।
करोति तत्त्वबोधोऽयमतस्त्यक्तो बुभुक्षुभिः ॥३॥

तत्त्व-ज्ञान के अतिरिक्त किसी अन्य उपाय से विषयासक्ति का नाश नहीं होता। तत्त्व-ज्ञान होने पर विषयों के प्रति आसक्ति ऐसे नष्ट हो जाती है कि वाचाल व्यक्ति एकदम मौन हो जाता है और अत्यन्त चंचल उद्यमशील मनुष्य जड़वत आलसी प्रतीत होता है। मन जब आत्म-बोध में लीन होता है, तो बाह्य वृत्तियाँ शिथिल हो जाती हैं ॥३॥

सूत्र : ४

न त्वं देहो न ते देहो भोक्ता कर्ता न वा भवान्।
चिद्रूपोऽसि सदा साक्षी निरपेक्षः सुखं चर ॥४॥

सत्य तो यह है कि हे जिज्ञासु शिष्य न तू देह है, न भोक्ता है और न कर्ता है। अपने असली रूप में तू केवल चिन्मय साक्षी मात्र और निरपेक्ष है। मन और बुद्धि से भिन्न आत्मा होने से अपने देह विषयक सब कर्मों का त्याग करके नित्य सुखी रह (दीपक के समान चेतन भी अचल स्थिति में साक्षी रूप होकर सबको प्रकाशवान बना सकता है) ॥४॥

सूत्र : ५

रागद्वेषौ मनोधर्मौ न मनस्ते कदाचन।
निर्विकल्पोऽसि बोधात्मा निर्विकार:सुखं चर ॥५॥

राग-द्वेष आदि सभी मन के धर्म हैं, आत्मा के नहीं। मन के साथ तेरा अनिवार्य सम्बन्ध नहीं है। तू संकल्प-विकल्प से शून्य निर्विकार ज्ञान-स्वरूप होकर आनन्दपूर्वक रह। यही तेरा वास्तविक स्वभाव है ॥५॥

सूत्र : ६

सर्वभूतेषु चात्मानं सर्वभूतानि चात्मनि।
विज्ञाय निरहंकारो निर्ममस्त्वं सुखी भव ॥६॥

सब प्राणियों में आत्मा और आत्मा में सब प्राणी व्याप्त हैं। इस परम सत्य को जानकर सदा निरहंकारी और माया-ममता से रहित होकर सुखी रह ॥६॥

सूत्र : ७

विश्वं स्फुरति यत्रेदं तरङ्गा इव सागरे।
तत्त्वमेव न सन्देहश्चिन्मूर्ते विज्वरो भव ॥७॥

हे जनक! जिस प्रकार सागर में उठने वाली तरंगें क्षण-भर में उठकर लुप्त हो जाती हैं, उसी प्रकार इस दृश्यमान जगत के भिन्न-भिन्न रूप मिथ्या हैं, क्षण-भंगुर हैं। तू उनसे भिन्न चिद्रूप है। यह जानकर सब प्रकार के ताप-सन्ताप से दूर रह, यही तत्त्व-ज्ञान का परिणाम है ॥७॥

सूत्र : ८

श्रद्धस्व तात श्रद्धस्व नात्र मोऽहं कुरुष्व भोः।
ज्ञानस्वरूपो भगवानात्मा त्वं प्रकृतेः परः ॥८॥

इस तत्त्व ज्ञान पर पूर्ण श्रद्धा रखो। मोह-माया संशय-विपर्यय में डाँवाडोल न हो, क्योंकि तू ज्ञान-स्वरूप सर्व-समर्थ आत्मा है। तू जड़ता में लिप्त मत हो ॥८॥

विशेष : जो अपने से भिन्न किसी और साधन की अपेक्षा न करके अपने प्रकाश से इतर पदार्थों को प्रकाशित करे, वह चिद्रूप है। जो पदार्थ को प्रकाशित करे, उसका नाम ज्ञान है और जो अज्ञान को नाश करके अपने आत्मा के स्वरूप को प्रकाशित करे, उसे आत्म-ज्ञान कहते हैं।

सूत्र : ९

गुणैः संवेष्टितो देहस्तिष्ठत्यायाति याति च।
आत्मा न गन्ता नागन्ता किमेनमनुशोचसि ॥९॥

रूप, रस, गन्ध आदि गुणों से आच्छादित होकर देह इन अस्थिर तत्त्वों में लिप्त होता है और आवागमन के चक्कर में फँसता है। आत्मा न आती है, और न जाती है। इसके संयोग-वियोग की कल्पना करके शोकातुर मत हो ॥९॥

विशेष : लिंग-शरीर, उसमें चेतन का प्रतिबिम्ब और उसका आश्रय अधिष्ठान चेतन, तीनों का नाम जीव है। माया, माया में प्रतिबिम्बित चेतन और माया का अधिष्ठान चेतन तीनों का नाम ईश्वर है। जीव और ईश्वर में, व्यापक दृष्टि से देखें, तो कोई वास्तविक भेद नहीं है।

सूत्र : १०

देहस्तिष्ठतु कल्पान्तं गच्छत्वद्यैव वा पुनः।
क्व वृद्धि क्व च हानिस्तव चिन्मात्ररूपिणः॥१०॥

यह देह युग-युगों तक बनी रहे या इसी क्षण नष्ट हो जाए, इससे, हे आत्मस्वरूप! तेरी कोई हानि नहीं होती। आत्मा में न वृद्धि होती है और न ह्रास होता है। तू तो चैतन्य रूप है, नित्य स्थायी है। देह मिथ्या है, तू सत्य है, अतः जीवन-मुक्त होकर विहार कर ॥१०॥

सूत्र : ११

त्वय्यनन्तमहाम्भोधौ विश्ववीचिः स्वभावतः।
उदेतु वास्तमायातु न ते वृद्धिर्न वा क्षतिः ॥११॥

हे जनक! तेरे नित्य स्थायी अनन्त महासागर में विविध रूपों की तरंगें स्वतः उठकर तुझमें लीन होती रहती हैं। इनके उदय होने या अस्त होने से तुझमें वृद्धि या क्षीणता नहीं हो सकती। तुम्हारा स्वरूप तो अनन्त चित्तमात्र रूपी महासमुद्र है ॥११॥

सूत्र : १२

तात चिन्मात्ररूपोऽसि न ते भिन्नमिदं जगत्।
अतः कस्य कथं कुत्र हेयोपादेयकल्पना ॥१२॥

तू चैतन्य रूप है, यह जगत तुझसे भिन्न कोई अस्तित्व नहीं रखता। इस कारण 'किसका, कहाँ कैसे' इसका त्याग या ग्रहण करना संभव है। किन्तु तू इन कल्पित भ्रान्तियों से दूर रह ॥१२॥

सूत्र : १३

एकस्मिन्नव्यये शान्ते चिदाकाशेऽमले त्वयि।
कुतो जन्म कुतो कर्म कुतोऽहङ्कार एव च ॥१३॥

हे जनक! तुम्हारे अविकारी, अविनाशी और सदा चैतन्य विशाल रूप में न जन्म है, न मरण है, न कोई कर्म है और न अहंकार। ये सब तो द्वैत रूप में होते हैं। तुम्हारा स्वरूप सदा एकरस रहता है ॥१३॥

सूत्र : १४

यत्वं पश्यसि तत्रैकस्त्वमेव प्रतिभाससे।
किं पृथक् भासते स्वर्णात्कटकांगदनूपुरम ॥१४॥

जो कुछ तुम्हारी आँखें देखती हैं, वह सब कार्य-रूप दिखलाई देता है, किन्तु उसका कारण रूप भी उसी में है। कार्य-रूप में दिखाई देने वाले स्वर्ण आभूषण चाहे वह कंगन हो या घुँघरू, उनका कारण-रूप वस्तुतः स्वर्ण ही है। वह स्वर्ण से पृथक नहीं है, किन्तु वैसा प्रति-भासित अवश्य होता है ॥१४॥

सूत्र : १५

अयं सोऽहमयं नांह विभागमिति सन्त्यज।
सुर्वमात्मेति निश्चित्य निःसंकल्पः सुखीभव ॥१५॥

'मैं यह हूँ' 'मैं यह नहीं हूँ' आदि विभाग करने की बुद्धि भ्रमपूर्ण है। एक ही ब्रह्म को बुद्धि से देखनेवाले ऐसा ही करते हैं। इसी कारण, संकल्प-विकल्प की दुविधा में डाँवाडोल रहते हैं। द्वैत दृष्टि ही दुःख का कारण है। उसका त्याग करके तुम सुखी हो ॥१५॥

सूत्र : १६

तवैवाज्ञानतो विश्वं त्वमेकः परमार्थतः।
त्वत्तोन्यो नास्ति संसारी नासंसारी च कश्चन ॥१६॥

अज्ञान के कारण ही तुम्हें इस जगत के अस्तित्व की प्रतीति होती है। तत्त्व ज्ञान की बात यह है कि तुम्हारे एकमात्र आत्मस्वरूप की ही सत्ता सच्ची है। इस आत्म-ज्ञान से ही तुम्हारी संसारी-असंसारी होने की भ्रान्ति का अन्त हो जाएगा। (जो अज्ञान का नाशक हो और अपनी आत्मा के स्वरूप का बाधक हो, उसी का नाम ज्ञान है) ॥१६॥

सूत्र : १७

भ्रांतिमात्रमिदं विश्वं न किंचिदिति निश्चयी।
निर्वासनः स्फूर्तिमात्रो न किंचिदिव शाम्यति ॥१७॥

भ्रान्ति मात्र से इस जगत का अस्तित्व है, किन्तु यथार्थ में इसकी कुछ भी सत्ता नहीं है। इसलिए मन का सब सन्देह दूर करके स्वयं ही क्षणिक स्फुलिंग मानते हुए, वासना-शून्य मन से शान्ति, सुखपूर्वक विचारो ॥१७॥

सूत्र : १८

एक एव भवाम्भोधावासीदस्ति भविष्यति।
न ते बंधोऽस्ति मोक्षो वा कृतकृत्यः सुखं चर ॥१८॥

संसार रूपी इस भव-सागर में तू सदा अकेला आप ही था और रहेगा भी। बन्धन और मोक्ष को कल्पित भ्रम-जाल मानते हुए सबसे असंग रहकर स्वयं सदा तृप्त रहते हुए ही आनन्दपूर्वक विचारो ॥१८॥

सूत्र : १९

मा संकल्पविकल्पाभ्यां चित्तं क्षोभय चिन्मय।
उपशाम्य सुखं तिष्ठ स्वात्मन्यानन्दविग्रहे ॥१९॥

अष्टावक्र जी कहते हैं कि चैतन्य स्वरूप, सब प्रकार के संकल्प-विकल्पों का परित्याग कर दो। ये संकल्प-विकल्प ही तुम्हारे मन को क्षुब्ध करते हैं। इन दोनों से अछूते रहकर सदा अपने आनन्द स्वरूप में स्थित रहकर सुखपूर्वक रहो ॥१९॥

सूत्र : २०

त्यजैव ध्यानं सर्वत्र मा किंचद् हृदि धारय।
आत्मा त्वं मुक्तएवासि किं विमृश्य करिष्यसि ॥२०॥

आत्मज्ञान होने के बाद तुम्हें हठ करके मन के एकाग्र करने या ध्यान करने की आवश्यकता नहीं रहेगी। ध्यान करना मन का धर्म है। तुम मन नहीं, आत्मा हो। आत्मा स्वयं मुक्त है। अतः अपने स्वरूप ज्ञान के बाद तुम्हें ध्यान-साधना की कोई आवश्यकता नहीं है ॥२०॥

सोलहवाँ प्रकरण

सूत्र : १

आचक्ष्व शृणु वा तात नानाशास्त्राण्यनेकशः।
तथापि न तव स्वास्थ्यं सर्वविस्मरणादृते ॥१॥

तत्त्व ज्ञान प्राप्त कर लेने पर सम्पूर्ण प्रपंच और तृष्णा का नाश ही तो मुक्ति है। यह बताते हुए अष्टावक्र जी कहते हैं कि प्रिय शिष्य, चाहे तुम अनेक शास्त्रों कों अध्ययन करो अथवा अनुशीलन करो, तुम्हें आत्म-स्वरूप के दर्शन नहीं होंगे। जीव-मुक्त होने का तब तक आनन्द नहीं मिलेगा, जब तक तुम केवल पढ़ी हुई या सुनी हुई ज्ञान-वार्ताओं को भूलकर उन्हें आत्मसात् न करोगे (ज्ञान को केवल बुद्धि का विषय बना छोड़ने की अपेक्षा उनके अनुसार जीवन में आचरण करना, उसे जीवन में उतारना आवश्यक समझें) ॥१॥

सूत्र : २

भोगं कर्म समधिं वा कुरु विज्ञ तथापि ते।
चित्तं निरस्तसर्वाशामत्यर्थं रोचयिष्यति ॥२॥

चाहे तुम संचित कर्मों का फल भोगो अथवा कर्मठ बनो, ध्यान करो या समाधि लगाओ, तुम्हारे चित्त को तब तक पूरी शान्ति नहीं मिलेगी, जब तक तुम अपने किए कर्मों का फल भोगने की आशा या तृष्णा का त्याग न करोगे और पूरी तरह आसक्ति रहित नहीं होंगे ॥२॥

सूत्र : ३

आयासात्सकलो दुःखी नैनं जानाति कश्चन।
अनेनैवोपदेशेन धन्यः प्राप्नोति निर्वृतिम् ॥३॥

सभी संसारी लोग शरीर के निर्वाह के निमित्त श्रम करते हैं और इस प्रकार कर्म-विकर्म में प्रवृत्त होकर दुःख उठाते हैं। इस तथाकथित श्रम से निवृत्त होकर केवल अनायास प्राप्त भोग भोगने में ही सन्तुष्ट रहनेवाले सर्वथा निवृत्त ज्ञानी ही धन्य होते हैं ॥३॥

सूत्र : ४

व्यापारे खिद्यते यस्तु निमेषोन्मेषयोरपि।
तस्यालस्य धुरीणस्य सुखं नन्यस्य कस्यचित् ॥४॥

जो पलक उठाने और गिराने के श्रम को भी अनायास न करके श्रम-साध्य बना लेते हैं, वे कभी सुखी नहीं हो सकते। अनायास होनेवाले श्रम से ही सुख मिलता है, श्रमसाध्य कार्यों में कोई सुख नहीं, क्योंकि प्रत्येक श्रम का मनचाहा फल नहीं मिल पाता। इससे निराशा होती है और मन अशान्त होता है ॥४॥

सूत्र : ५

इदं कृतमिदं नेति द्वन्द्वैर्मुक्तं यदा मनः।
धर्मार्थकाममोक्षेषु निरपेक्षं तदा भवेत् ॥५॥

मनुष्य का मन जब द्वन्द्वातीत हो, कोई दुविधा न रहे, तभी उसे सुख मिलता है। मैंने 'यह काम कर लिया', 'वह नहीं किया' आदि विचारों से डाँवाडोल चित्त को सुख नहीं मिलता। धर्म, अर्थ, काम और मोक्ष की इच्छा से किया गया काम भी दुःखदायी हो जाता है। अतः इच्छा से प्रेरित होकर कोई भी काम करके सहज भाव से ही रहना चाहिए (सभी द्वन्द्वों और इच्छाओं से रहित पुरुष ही जीव-मुक्ति के सुख को प्राप्त होता है।) ॥५॥

सूत्र : ६

विरक्तो विषयद्वेष्टा रागी विषयलोलुपः।
ग्रहमोक्षविहीनस्तु न विरक्तो न रागवान् ॥६॥

विषय-वासना से अछूता व्यक्ति वैरागी नहीं बनता। जब तक कोई व्यक्ति ग्रहण करने के बाद उसका तिरस्कारपूर्वक त्याग न कर दे, तब तक वैरागी कहलाने का अधिकारी नहीं होता। विषयों के प्रति अनुराग होने से वही रागी बनता है। जो इस ग्रहण-त्याग की इच्छा से ऊपर उठ जाता है, वही व्यक्ति जन्म-मरण के बंधन से मुक्त होकर रहने वाला, सच्चे अर्थों से सुखी है ॥६॥

सूत्र : ७

हेयोपादेयता तावत्संसारविटपाङ्कुरः।
स्पृहा जीवति यावद्वै निर्विचारदशास्पदम् ॥७॥

संसार में तृष्णा की प्रवृत्ति वैसी ही स्वाभाविक है, जैसी वटवृक्ष में अंकुरित होने की प्रवृत्ति। ग्रहण-त्याग की प्रवृत्ति भी वैसी ही है। प्रारब्ध कर्म का भोग करना मनुष्य के स्वभाव का अंग है। यह भोग करना विचारपूर्वक नहीं होता, सहज प्रवृत्तिवश होता है ॥७॥

सूत्र : ८

प्रवृत्तौ जायते रागो निवृत्तौ द्वेष एव हि।
निर्द्वन्द्वो बालवद् धी मान् एवमेव व्यवस्थितः ॥८॥

विषय-भोग की इच्छा में प्रवृत्त होने के परिमाणस्वरूप जब निवृत्ति से प्रवृत्ति की ओर झुकाव हो, तो मनुष्य को विचारपूर्वक निवृत्ति की अवस्था में यथावत् स्थिर हो जाना चाहिए। इस प्रकार निर्द्वन्द्व होकर जीना उसके स्वभाव का अंग बन जाएगा। न उसमें प्रवृत्ति होगी न निवृत्ति। इसी मनोवस्था में रहना कल्याणकारी है ॥८॥

सूत्र : ९

हातुमिच्छति संसारं रागी दुःखजिहासया।
वीतरागो हि निर्दुःखस्तस्मिन्नपि न खिद्यति ॥९॥

भोगों में आसक्त होने के कारण ही रागवाले व्यक्ति को दुःख होता है। दुःखों से मुक्त होने के लिए वह संसार के परित्याग की कामना करता है। उसे इस त्याग में ही दुःख होगा। वीतरागी व्यक्ति वह है, जो इस ग्रहण त्याग दोनों से अलग रहता है। आसक्त न होना उसका स्वभाव बन जाता है और वह उसी दशा में स्थित रहता है, कभी डाँवाडोल नहीं होता (जिस व्यक्ति के चित्त में अज्ञान बना रहता है, उसे शान्ति कदापि प्राप्त नहीं होती) ॥९॥

सूत्र : १०

यस्याभिमानो मोक्षेऽपि देहेऽपि ममता तथा।
न च योगी न वा ज्ञानी केवलं दुःखभागसौ ॥१०॥

ऐसे वीतरागी व्यक्ति को कभी बंधनमुक्त होने का भी अभिमान नहीं होता और न जीवन के प्रति ममता होती है। जिसे मोक्ष का अभिमान हो, वह योगी नहीं होता। सच्ची मुक्तात्मा को अभिमान हो ही नहीं सकता ॥१०॥

सूत्र : ११

हरो यद्युपदेष्टा ते हरिः कमलजोऽपि वा।
तथापि न तव स्वास्थ्यं सर्व विस्मरणादृते ॥११॥

चाहे तुम्हें साक्षात् महादेव जी उपदेश दें, भगवान विष्णु या ब्रह्मा जी तुम्हारे हित की बात करें; तुम्हारा मन तब तक स्वस्थ्य नहीं हो सकता, जब तक तुम सांसारिक व्यवहार अथवा अतीत को भूलने का स्वभाव नहीं बनाओगे (आत्म-तत्त्व के उपदेश से पहले विषयों का त्याग बहुत आवश्यक है) ॥११॥

सत्रहवाँ प्रकरण

सूत्र : १

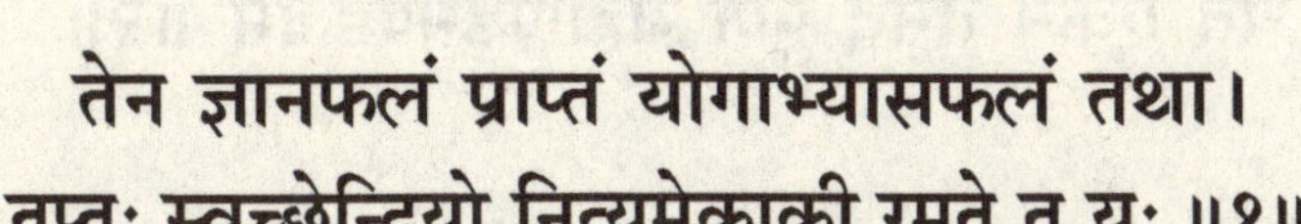

तेन ज्ञानफलं प्राप्तं योगाभ्यासफलं तथा।
तृप्तः स्वच्छेन्द्रियो नित्यमेकाकी रमते तु यः ॥१॥

पुरुषों की ब्रह्म-विद्या में प्रवृत्ति करने और आत्म-ज्ञान का फल बताने के उद्देश्य से अष्टावक्र जी ज्ञान की दिशा का वर्णन करते हुए कहते हैं   जो साधक इन्द्रियों के विषय-भोग की इच्छा से ऊपर उठ गया है और जो स्वयं तृप्त होकर आत्मिक आनन्द में एकाकी रमण करता है, वह आत्म-ज्ञान और योगाभ्यास का फल एक साथ पा जाता है, जीवन्मुक्त हो जाता है ॥१॥

सूत्र : २

न कदाचिज्जगत्यस्मिन् तत्त्वज्ञा हन्त खिद्यति।
यत एकेन तेनेदं पूर्णं ब्रह्माण्डमण्डलम् ॥२॥

हे शिष्य! ऐसा तत्त्वज्ञानी इस जगत में रहता हुआ तो कभी खिन्न नहीं होता है, न दुःख का अनुभव करता है। क्योंकि वह जान जाता है कि समस्त ब्रह्मांड मंडल में वही व्याप्त है और उसकी महिमा लोक-लोकान्तरों में विस्तारित है ॥२॥

सूत्र : ३

न जातु विषयाः केऽपि स्वारामं हर्षयन्त्यमी।
सल्लकीपल्लवप्रीतमिवेभं निम्बपल्लवाः ॥३॥

आत्म-ज्ञान हो जाने से जीवन्मुक्त और स्वयं में पूर्ण सन्तुष्ट साधक को विषय-भोग आकर्षित नहीं करते। मधुर रस युक्त लता-वल्करियों को खाकर सन्तुष्ट हाथी जिस प्रकार नीम के कड़वे पत्ते खाने को नहीं ललचाता, उसी प्रकार आत्मानन्द से तुष्ट व्यक्ति को विषयानन्द आनन्दित नहीं कर सकते ॥३॥

सूत्र : ४

यस्तु भोगेषु भुक्तेषु न भवत्यधिवासिता।
अभुक्तेषु निराकांक्षी तादृशो भवदुर्लभः ॥४॥

ऐसे सदा तृप्त-सन्तुष्ट व्यक्ति को ज्ञान पाने के बाद पहले भोगे विषयों की याद भी नहीं आती और उसे उन विषय भोगों की लालसा भी नहीं होती, जो उसने नहीं भोगे हैं। ऐसे पूर्णतः सिद्ध पुरुष विरले ही होते हैं, मगर होते अवश्य हैं ॥४॥

सूत्र : ५

बुभुरिह संसारे मुमुक्षुरपि दृश्यते।
भोगमोक्षनिराकांक्षी विरलो हि महाशयः ॥५॥

संसार में भोग भोगनेवाले बुभुक्षु मनुष्य भी मिलेंगे अथवा मोक्ष की इच्छा वाले मुमुक्षु भी मिलेंगे, किन्तु जगत में ऐसे व्यक्ति बहुत कम मिलेंगे, जो दोनों इच्छाओं से मुक्त होकर शुद्ध अन्तःकरण से परमब्रह्म में स्थित हों ॥५॥

सूत्र : ६

धर्मार्थकाममोक्षेषु जीविते मरणे तथा।
कस्याप्युदारचित्तस्य हेयोपादेयता न हि ॥६॥

संसार में ऐसे स्थितप्रज्ञ सिद्ध पुरुष विरले हैं, जो धर्म धर्म-अर्थ काम-मोक्ष, जीवन-मरण आदि सबसे उदासीन होकर अद्वैत आत्मा में स्थित हों। ऐसे उदार-भावी मनुष्य त्याग और ग्रहण की दुनिया से ऊपर उठ जाते हैं ॥६॥

सूत्र : ७

वाञ्छा न विश्वविलये न द्वेषस्तस्य च स्थितौ।
यथा जीविकया तस्माद् धन्य आस्ते यथासुखम् ॥७॥

जिस व्यक्ति में विश्व के लय होने की इच्छा अथवा विश्व में स्थिर रहने से कोई द्वेष नहीं अर्थात् जगत-प्रपंच के रहने या नष्ट होने से जिसे कुछ लेना-देना नहीं और जो विश्व को साक्षी भाव से देखता है, वही कृत-कृत है और पूजनीय है ॥७॥

सूत्र : ८

कृतार्थोऽनेन ज्ञानेनेत्येवं गलितधीः कृती।
पश्यन् शृण्वन् स्पृशन् जिघ्रन्न अश्नन्नस्ते यथा
सुखम् ॥८॥

वही मनुष्य कृतार्थ है जो संसार में देखने, सुनने, स्पर्श करने, खाने-पीने आदि सभी लोक-व्यवहार करते हुए भी निरासक्त एवं निस्संग रहता है। ऐसा मनुष्य निष्काम कर्म करते हुए भी कर्मजाल में कभी नहीं फँसता ॥८॥

सूत्र : ९

शून्या दृष्टिर्वृथा चेष्टा विकलानीन्द्रियाणि च।
न स्पृहा न विरक्तिर्वा क्षीणसंसारसागरे ॥९॥

ऐसे निष्काम कर्मयोगी के लिए मानो संसार-सागर सूख ही जाता है। वह राग-विराग दोनों से अछूता रहता है, उसकी दृष्टि शून्य हो जाती है, इन्द्रियाँ चेष्टाहीन रहती हैं और संसार-सागर की लहरें उसे स्पर्श भी नहीं करतीं ॥९॥

सूत्र : १०

न जगर्ति न निद्राति नोन्मीलति न मीलति।
अहो परदशा क्वपि वर्त्तते मुक्तचेतसः ॥१०॥

न तो वह जागता है, न सोता है, न पलक खोलता है, न बन्द करता है। उसके ये सब कार्य स्वयं अनायास होते जाते हैं। वह प्रयासपूर्वक कोई कार्य नहीं करता है। ऐसी अलौकिक स्थिति में विरले ही पहुँच पाते हैं ॥१०॥

सूत्र : ११

सर्वत्र दृश्यते स्वस्थ्यः सर्वत्र विमलाशयः।
समस्तवासना मुक्तो मुक्तः सर्वत्र राजते ॥११॥

ज्ञानवान की अलौकिक अवस्था का वर्णन करते हुए अष्टावक्र जी कहते हैं कि ऐसा शीर्षस्थ निर्मल अन्तःकरणवाला व्यक्ति सब कालों में स्वस्थ प्रसन्न रहता है। सभी प्रकार की वासनाओं से मुक्त होने के कारण ऐसा समदर्शी योगी सर्वजयी हो जाता है (वह सभी अवस्थाओं में एकरस रहता हुआ, ज्यों-का-त्यों प्रकाशमान रहता है।) ॥११॥

सूत्र : १२

पश्यंश्शृण्वं स्पृशं जिघ्रन्न् अश्नं गृण्हं वदं वज्र।
ईहितानीहितैर्मुक्तो मुक्तएव महाशयः ॥१२॥

इच्छा-अनिच्छा से मुक्त हुआ जीवन्मुक्त मनुष्य सर्वत्र देखने सुनने, स्पर्श करने, सूँघने, खाने, ग्रहण करने, त्याग करने, बोलने-चालने आदि समस्त कार्य करते हुए भी कार्य-बन्धन से मुक्त रहता है ॥१२॥

सूत्र : १३

न निन्दति न च स्तौति न हृष्यति न कुप्यति।
न ददाति न गृह्णाति मुक्तः सर्वत्र नीरसः ॥१३॥

ऐसा जीवन्मुक्त मनुष्य न किसी की निन्दा करता है और न स्तुति करने में प्रवृत्त होता है। वह न तो बहुत हर्षित होता है, न क्रुद्ध होता है, न किसी से कुछ लेता है और न किसी को देता है। वह तो सर्वत्र उदासीन मन अपने-आपमें मग्न एवं समरस रहता है ॥१३॥

सूत्र : १४

सानुरागां स्त्रियं दृष्ट्वा मृत्युं वा समुपस्थितम्।
अविह्वलमनाः स्वस्थो मुक्त एवं महाशयः ॥१४॥

अनुरक्त स्त्री के समीप होने पर भी जिस मनुष्य का मन कामातुर नहीं होता, मृत्यु निकट देखकर भी जो व्याकुलता अनुभव नहीं करता और सदा स्वस्थ मन से सब व्यवहार करता है, वही पुरुष जीवन्मुक्त होता है ॥१४॥

सूत्र : १५

सुखे दुःखे नरे नार्यां सम्पत्सु विपत्सु च।
विशेषो नैव धीरस्य सर्वत्र समदर्शिनः ॥१५॥

सुख-दुःख में समभाव से रहनेवाला नर-नारी दोनों के सम्पर्क में समान व्यवहार करने वाला, सम्पत्ति और विपत्ति में सर्वत्र समदर्शी रहनेवाला व्यक्ति ही जीवन्मुक्त कहलाने का अधिकारी बनता है ॥१५॥

सूत्र : १६

न हिंसा नैव कारुण्यं नौद्धत्यं न च दीनता।
नाश्चर्यं नैव च क्षोभः क्षीणसंसरणे नरे ॥१६॥

जीवन्मुक्त मनुष्य के हृदय में उद्वेग या आवेश के उतार-चढ़ाव नहीं आते। हिंसा, अतिशय करुणा, उच्छृंखलता, आश्चर्य, क्षोभ आदि आवेशों से उसका मन कभी डाँवाडोल नहीं होता ॥१६॥

सूत्र : १७

न मुक्तो विषयद्वेष्टा न वा विषयलोलुपः।
असंसक्तमना नित्यं प्राप्ताप्राप्तमुपाश्नुते ॥१७॥

जीवन्मुक्त व्यक्ति संसारी विषय-भोग का लोभ भी नहीं करता और न उसके प्रति विद्वेष की भावना रखता है। उसके हृदय में विषय-वासना की लालसा नहीं जागती। अनासक्त भाव से वह सहज सुलभ भोगों को भोगता है और अप्राप्त भोगों के प्रति उदासीन रहता है ॥१७॥

सूत्र : १८

समाधानसमाधानहिताहितविकल्पना।
शून्यचित्तो न जानाति कैवल्यमिव संस्थितः ॥१८॥

पूर्णतः अनासक्त और विकारशून्य मन रखते हुए वह समस्याओं और साधनाओं की तथाकथित हितकारी या अहितकारी कल्पनाओं से दूर रहता है। यही कैवल्य की स्थिति है। ऐसी मनःस्थिति में रहता हुआ वह सदा सर्वत्र समभाव से विचरण करता है ॥१८॥

सूत्र : १९

निर्ममो निरहंकारो न किंचिदिति निश्चितः।
अन्तर्गलितसर्वाशः कुर्वन्नपि करोति न ॥१९॥

जो व्यक्ति 'मैं-मेरा' के अहंकार सूचक भाव से रहित होकर अपने कर्म करता रहता है, अभिमान-शून्य रहते हुए 'मैं-मेरा' आदि दम्भ-भाव का शिकार नहीं बनता, ऐसा दृढ़व्रती व्यक्ति सब व्यवहार करके भी कर्म-पाश के बन्धन में नहीं बंधता और कर्मठ होते हुए भी निष्कर्म कहलाता है ॥१९॥

सूत्र : २०

मनः प्रकाशसम्मोहस्वप्नजाड्यविवर्जितः।
दशां कामपि सम्प्राप्तो भवेद्गलितमानसः ॥२०॥

अनासक्त भाव से कर्म करनेवाला संकल्प-विकल्पहीन व्यक्ति का मन सदा प्रसन्न-प्रकाशित रहता है। सम्मोह, स्वप्न, जोड़ना आदि की अज्ञान-जन्य भावनाओं से वह कभी ग्रस्त नहीं होता और लोक-व्यवहार करते हुए वह अलौकिक आनन्द का अनुभव करता है ॥२०॥

अठारहवाँ प्रकरण

सूत्र : १

यस्य बोधोदये तावत् स्वप्नवद् भवति भ्रम।
तस्मै सुखैकरूपाय नमः शान्ताय तेजसे ॥१॥

शान्ति की प्रधानता का वर्णन करते हुए अष्टावक्र जी कहते हैं कि उस सर्वथा शान्त आत्मा को नमस्कार है, जिसको यथार्थ ज्ञान होते ही यह प्रत्यक्ष संसार भ्रमपूर्ण स्वप्नवत् प्रतीत होने लगता है और वह स्वयं सुखमय, तेजोमय और प्रकाश स्वरूप हो जाता है ॥१॥

सूत्र : २

अर्जयित्वाखिलान्अर्थान् भोगानाप्नोति पुष्कलान्।
न हि सर्वपरित्याजमन्तरेण सुखी भवेत् ॥२॥

अतुल धन-दौलत कमाकर मनुष्य संसारी भोग-सामग्री का स्वामी अवश्य बन जाता है। किन्तु उसे आन्तरिक सच्चा सुख तभी मिलता है, जब वह उस अर्जित धन का स्वयं परित्याग करता है ॥२॥

सूत्र : ३

कर्तव्यदु:खमार्तण्डज्वालादग्धान्तरात्मनः।
कुतः प्रशमपीयूषधारासारमृते सुखम् ॥३॥

अनिवार्य कर्तव्य रूप से प्राप्त कर्म करते हुए जिस व्यक्ति का मन ऐसे संतप्त हो गया हो, जैसे सूर्य की प्रचंड धूप में पौधे कुम्हला जाते हैं, उसे शान्ति की पीयूष-धारा का अमृतपान करने पर ही शाश्वत सुख मिलता है ॥३॥

सूत्र : ४

भवोऽयं भावनामात्रो न किञ्चिच परमर्थतः।
नास्त्यभावः स्वभावनां भावाभावविभाविनाम् ॥४॥

यह संसार तत्त्वतः संकल्प मात्र है, यथार्थ में यह कुछ भी नहीं है। इसकी समस्त सत्ता केवल भ्रमपूर्ण है। इस भ्रान्ति के अभाव में अर्थात् इसके टूटते ही सत्य स्वभाव आत्मा का साक्षात्कार हो जाता है, क्योंकि भावरूप आत्मा सदैव भावरूप में विद्यमान रहती है, उसका अभाव कभी नहीं होता ॥४॥

सूत्र : ५

**न दूरं न च संकोचाल्लब्धमेवात्मनः पदम्।
निर्विकल्पं निरायासं निर्विकारं निरञ्जनम् ॥५॥**

सदा सर्वत्र रहने में आत्मा किसी के लिए दूर नहीं है और किसी से छुपी हुई भी नहीं है। केवल उसके स्वरूप के अज्ञान के कारण उससे साक्षात्कार नहीं होता। ज्ञान होते ही निर्विकल्प, निर्विकार, निरंजन आत्मा की अनुभूति अनायास हो जाती है ॥५॥

सूत्र : ६

व्यामोहमात्रविरतौ स्वरूपादानमात्रतः।
वीतशोका विराजन्ते निरावरणदृष्टयः ॥६॥

अज्ञान-जन्म मोह की निवृत्ति होते ही साधक को अपने सत्य स्वरूप का ज्ञान स्वयं हो जाता है। उसी क्षण साधक के ज्ञान चक्षुओं पर पड़ा परदा दूर हो जाता है और वह सभी प्रकार के शोक, मोह आदि से मुक्त होकर सानन्द विचरण करता है ॥६॥

सूत्र : ७

समस्तं कल्पनामात्रमात्मा मुक्तः सनातनः।
इति विज्ञाय धीरो हि किमभ्यस्यति बालवत् ॥७॥

यह सारा जगत कल्पना मात्र है। आत्मा अपने सत्य स्वरूप में नित्य मुक्त है, यह जानकर कोई सिद्ध पुरुष बच्चों की तरह, अज्ञानी बालक के समान मूर्ख बनकर मूर्खतापूर्ण आचरण क्यों करेगा?॥७॥

सूत्र : ८

आत्मा ब्रह्मेति निश्चित्य भावाभावौ च कल्पितौ।
निष्कामः किं विजानाति किं ब्रूते च करोति किम् ॥८॥

जीवात्मा ब्रह्मरूप ही है, उसके भाव-अभाव, होने-न होने की कल्पना अज्ञानवश होती है। यह निश्चय हो जाने के उपरान्त निष्काम पुरुष में कुछ भी जानने या बोलने का अभिमान नहीं रहता। नित्य नई जिज्ञासा और ज्ञान-वार्ता करने की कामना भी उसके मन में नहीं रहती ॥८॥

सूत्र : ९

अयं सोऽहमयं नाहमिति क्षीणा विकल्पना:।
सर्वमात्मेति निश्चित्य तूष्णींभूतस्य योगिनः ॥९॥

सर्वत्र व्यापक आत्मा ही नित्य-सत्य है, शेष सब मिथ्या प्रतीति है। यह विश्वास दृढ़ होने पर मौन हुए साधक की ये कल्पनाएँ कि 'यह वह है' 'वह मैं हूँ' 'यह मैं नही हूँ' आदि भावनाएँ भी लुप्त हो जाती हैं ॥९॥

सूत्र : १०

न विक्षेपो न चैकाग्रयं नातिबोधो न मूढ़ता।
न सुखं न च वा दुःखमुपशान्तस्य योगिनः ॥१०॥

जिसे न तो विक्षेप होता है, न एकाग्रता के अभ्यास की चिन्ता रहती है। उसे विचारक या विचार-शून्य होने की भी आवश्यकता नहीं रहती। विषय-भोग जन्य सुख-दुःख से भी ऐसे ज्ञान को मुक्ति मिल जाती है (क्योंकि वह केवल आत्मानन्द में मग्न रहता है।) ॥१०॥

सूत्र : ११

स्वराज्ये भैक्ष्यवृत्तौ च लाभालाभे जने वने।
निर्विकल्पस्वभावस्य न विशेषोऽस्ति योगिनः ॥११॥

संकल्प-विकल्प रहित ऐसे ज्ञान-योगी को किसी प्रकार के उद्वेग अशान्त नहीं करते, चाहे वह अपना मालिक हो या भिक्षा-वृत्ति से निर्वाह करता हो, उसे लाभ हो या हानि, वह बड़े नगर में रहता हो या वन में, वह सर्वत्र समभाव से समरस रहता है, किसी के लिए कोई विशेष व्यवहार नहीं करता ॥११॥

सूत्र : १२

क्व धर्मः क्व च वा कामः क्व चार्थः क्व विवेकिता।
इदं कृतमिदं नेति द्वन्द्वैर्मुक्तस्य योगिनः ॥१२॥

सब प्रकार की संसारी दुविधाओं से ऊपर उठे मनुष्य के लिए धर्म-अर्थ काम-विवेक आदि शब्दों की सीमा का बन्धन नहीं रहता। उसे इस बात की चिन्ता नहीं सताती कि उसने यह कार्य किया या वह कार्य नहीं किया। वह सब तर्क-वितर्क से ऊपर उठ जाता है। विवेक-अविवेक का विकल्प भी उसे कदाचित कष्ट नहीं देता ॥१२॥

सूत्र : १३

कृत्यं किमपि नैवास्ति न कापि हृदि रंजना।
यथा जीवनमेवेह जीवन्मुक्तस्य योगिनः ॥१३॥

जीवन्मुक्त व्यक्ति के लिए अनिवार्य रूप से कर्तव्य-कर्म का बन्धन नहीं रहता। वीतरागी होने के कारण वह सभी सांसारिक रिश्ते-नातों से अलग रहता है। जैसे प्रारब्धवश, मनुष्य का जन्म मिला, वैसे ही उसको जीवन-यात्रा के सब कार्य प्रारब्धवश स्वयं सहज रूप से होते रहते हैं ॥१३॥

सूत्र : १४

क्व मोहः क्व च वा विश्वं क्व तद्ध्यानं क्व मुक्तता।
सर्वसंकल्पसीमायां विश्रान्तस्य महात्मनः ॥१४॥

जीवन्मुक्त व्यक्ति के मन में किसी प्रकार का मोह नहीं होता। अतः उसके लिए सब लोक व्यवहार अर्थहीन हो जाते हैं। उनमें बंधने या उनसे मुक्ति पाने का यत्न भी उसे सन्तप्त नहीं करता, क्योंकि वह सब संकल्पों और उनकी पूर्ति के लिए करनेवाले कार्य-कलाप से मुक्त हो चुका होता है ॥१४॥

सूत्र : १५

येन विश्वमिदं दृष्टं स नास्तीति करोतु वै।
निर्वासनः किं कुरुते पश्यन्नपि न पश्यति ॥१५॥

वह जगत के सब कार्य-कलाप देखता हुआ भी नहीं देखता, क्योंकि उसके मन में किसी वस्तु के लिए वासना नहीं रहती; कुछ भी ग्रहण करने की इच्छा नहीं होती। संसार की सब वस्तुओं को उसकी आँखें देखती हैं, मगर उसकी नज़र में उन वस्तुओं का कोई अस्तित्व नहीं है। उन वस्तुओं का होना या न होना एक बराबर है ॥१५॥

सूत्र : १६

येन दृष्टं परं ब्रह्म सोऽहं ब्रह्मेति चिन्तयेत्।
किं चिंतयति निश्चिन्तो द्वितीयं यो न पश्यति ॥१६॥

जिसके ज्ञान-चक्षु परम ब्रह्म का साक्षात्कार कर लेते हैं, उसके लिए सारा जड़-चेतन जगत ब्रह्ममय हो जाता है और वह सब चिन्ताओं से मुक्त हो जाता है। ब्रह्म के अतिरिक्त उसे दूसरा कुछ दिखाई नहीं देता। 'मैं ब्रह्म हूँ', इस चिन्तन की भी उसे आवश्यकता नहीं रहती ॥१६॥

सूत्र : १७

दृष्टो येनात्मविक्षेपो निरोधं कुरुते त्वसौ।
उदारस्तु न विक्षिप्तः साध्याभावात्करोति किम् ॥१७॥

जिसके मन में आत्म-सत्ता विषयक संशय है, विग्रह हैं उसे ही अपने विक्षेपों की चंचल चित्त की वृत्तियों के दमन की आवश्यकता रहती है। जिसे कोई संशय नहीं, जो स्थिति प्रज्ञ है उसे साधना अथवा चित्त-निरोध आदि के अभ्यास की क्या आवश्यकता? ॥१७॥

सूत्र : १८

धीरो लोकविपर्यस्तो वर्तमानोऽपि लोकवत्।
न समाधिं न विक्षेप न लोपं स्वस्य पश्यति ॥१८॥

स्थित प्रज्ञ आत्म-ज्ञानी की चित्त-वृत्तियों के निरोध के लिए योगाभ्यास की तथा समाधि लगाने के लिए कठोर साधना की ज़रूरत नहीं रहती। वह बाहर से संसारी कार्य-कलापों में व्यक्त रहता हुआ भी यथार्थ में कर्म-पाश में कदाचित् नहीं फँसता, वरन् अलिप्त और निस्संग ही रहता है ॥१८॥

सूत्र : १९

भावाभाव विहीनो यस्तृप्तो निर्वासनो बुधः।
नैव किंचित्कृतं तेन लोकदृष्ट्या विकुर्वता ॥१९॥

जो आत्मदर्शी विद्वान भाव-अभाव से मुक्त रहता है, सदा तृप्त एवं वासनाहीन रहता है। वह लोक दृष्टि से सब कर्तव्य-कर्म करता हुआ या न करता हुआ भी कर्म-बन्धन में नहीं फँसता और न उसके मन में किसी प्रकार के विक्षेप होते हैं ॥१९॥

सूत्र : २०

प्रवृत्तौ वा निवृत्तौ वा नैव धीरस्य दुर्ग्रहः।
यदा यत्कर्तुमायाति तत्कृत्वा तिष्ठते सुखम् ॥२०॥

स्थित प्रज्ञ आत्म-ज्ञानी व्यक्ति कर्तृत्व के अभिमान से शून्य होने के कारण कर्म करने में प्रवृत्त होने या कर्म से निवृत्त होने का हठ नहीं करता। जो काम करता है, उसे वह सुखपूर्वक करता है और असंग भी बना रहता है ॥२०॥

सूत्र : २१

निर्वासनो निरालम्बः स्वच्छन्दो मुक्तबन्धनः।
क्षिप्तः संस्कारवातेन चेष्टते शुष्कपर्णवत् ॥२१॥

जैसे वायुवेग से टूटा हुआ, वृक्ष का पीला पत्ता हवा के बहाव के साथ स्वच्छन्द उड़ता रहता है, वैसे ही वासनाहीन मनुष्य संसार के अवलम्ब से मुक्त होकर प्रारब्ध द्वारा प्राप्त जीवन के प्रवाह में अनायास बहता है। वह स्वयं के आग्रह से न तो कुछ करता है और न कुछ करने से इन्कार करता है ॥२१॥

सूत्र : २२

असंसारस्य तु क्वापि न हर्षो न विषादिता।
स शीतलहमना नित्यं विदेह इव राजये ॥२२॥

दुनियादारी से अलग हुए वीतराग व्यक्ति को न तो अतिशय हर्ष होता है और न विषाद होता है। नित्य शीतल-शान्त मन से सदा एकरस रहते हुए वह सदा स्वच्छ मन से विचरता है और दैहिक विकारों से भी दुःखी नहीं होता ॥२२॥

सूत्र : २३

कुत्रापि न जिहासास्ति नाशो वापि न कुत्रचित्।
आत्मारामस्य धीरस्य शीतलाच्छतरात्मनः ॥२३॥

आत्म-भाव से रमनेवाले शीतल-शान्त स्वभाववाले आत्मज्ञानी के मन में न तो स्वतः कुछ ग्रहण करने की उत्कंठा होती है और न त्याग का आग्रह होता है। ग्रहण-त्याग के अहंकार से वह मुक्त रहता है ॥२३॥

सूत्र : २४

प्रकृत्या शून्यचित्तस्य कुर्वतोऽस्य यदृच्छया।
प्राकृतस्येव धीरस्य न मानो नावमानता ॥२४॥

स्वभाव से ही चित्त-वृत्तियों के शान्त होने पर केवल प्रारब्धवश उपस्थित कर्तव्य कर्म करते रहने-वाला, विकार रहित एवं अहंभाव से शून्य व्यक्ति संसारी सम्मान-अपमान की भावना से ऊपर उठ जाता है। वह दोनों स्थितियों से समरस रहता है ॥२४॥

सूत्र : २५

कृतं देहेन कर्मेदं न मया शुद्धरूपिणा।
इति चिन्तानुरोधी यः कुर्वन्नपि करोति न ॥२५॥

सब संसारी कार्य करते हुए भी वह अहंकार भाव और अहंकार जन्य चिन्ता से मुक्त रहता है क्योंकि वह अनुभव करने लगता है कि ये सारे कार्य तो मेरे मनोमयी देह द्वारा किए जा रहे हैं, विशुद्ध आत्मा द्वारा नहीं। अतः वह सब काम करते हुए भी निष्काम रहता है ॥२५॥

सूत्र : २६

अतद्वादीव कुरुते न भवेदपि बालिशः।
जीवन्मुक्तः सुखी श्रीमान् संसरन्नपि शोभते ॥२६॥

'मैं कर्म नहीं करूँगा' कहते हुए भी जो ज्ञानी कर्म करता है, वह उस बालक की भाँति झूठा नहीं होता जो 'ना'-'ना' करते हुए भी अनचाहे काम करने को विवश होता है। बालक की विवशता हठपूर्ण मूर्खता के कारण होती है, किन्तु ज्ञानी की विवशता इस ज्ञान के कारण होती है कि उसे प्रारब्ध से प्राप्त कर्म करने से ही होंगे ॥२६॥

सूत्र : २७

नाविचारसुश्रान्तो धीरो विश्रान्तिमागतः।
न कल्पते न जाति न शृणोति न पश्यति ॥२७॥

ज्ञानी सभी प्रकार की दुविधाओं से छूटकर आत्मा के सत्य स्वरूप को जानने के बाद चरम शान्ति पा जाता है। तब वह अपने मन से न कल्पना करता है, न उसे नया जानने का कौतूहल रहता है। उसका देखना-सुनना भी अपना नहीं रहता, क्योंकि आँखें देखकर भी नहीं देखतीं और कान सुनकर भी नहीं सुनते अर्थात् सबकुछ अनदेखा, अनसुना ही हो जाता है ॥२७॥

सूत्र : २८

असमाधेरविक्षेपान् न मुमुक्षुर्न चेतरः।
निश्चित्य कल्पितं पश्यन् ब्रह्मैवास्ते महाशयः ॥२८॥

आत्म-ज्ञानी को मोक्ष की इच्छा भी नहीं रहती और उसे समाधि लगाकर योग द्वारा मोक्ष साधना भी नहीं करनी पड़ती। जब मन में विग्रह विक्षेप ही नहीं, तो समाधि और मोक्ष का कोई प्रयोजन नहीं रहता। आँखों से दिखनेवाला यह सब जगत मिथ्या है, कल्पित है; यह जानकर ब्रह्म-ज्ञानी ब्रह्म-भाव से स्थिर हो जाता है ॥२८॥

सूत्र : २९

यस्यान्त स्यादहंकारो न करोति करोति सः।
निरहंकारधीरेण न किंचिद कृतं कृतम् ॥२९॥

जिसके मन में कर्तृत्त्व का अहंकार होता है, वह कर्म-बन्धन से मुक्त नहीं होता। वह लोक-दृष्टि से कर्म-शून्य रहकर भी कर्म-पाश में बंधा ही रहेगा। इससे विपरीत अहंकार शून्य व्यक्ति द्वारा स्वयं कुछ न किए जाने पर भी जब कर्म-सिद्धि होगी, तो लोक-दृष्टि से भले ही उसे कर्ता मान लिया जाए, किन्तु वह स्वयं निःसंग रहेगा ॥२९॥

सूत्र : ३०

नोद्विग्न न च सन्तुष्टंकर्तृस्पन्दवर्जितं।
निराशं गतसन्देहं चित्तं मुक्तस्य राजते ॥३०॥

जीवन्मुक्त मनुष्य उद्विग्न भी नहीं होता, कर्तव्य का अहंकार और संकल्प विकल्प नहीं करता, वह सन्तुष्ट-असन्तुष्ट भी नहीं होता वह आत्मा के सच्चे निर्विकार स्वरूप का ज्ञान प्राप्त करके संशय-शून्य हृदय के कारण सुखी रहता है ॥३०॥

सूत्र : ३१

निर्ध्यातु चेष्टितुं वापि यच्चित्तं न प्रवतेते।
निर्निमित्तमिदं किन्तु निर्ध्यायेति विचेष्टते ॥३१॥

आत्म-ज्ञानी का मन बिना कर्म किए स्थित होने या चेष्टा द्वारा अवस्थित होने की कामना कभी भी नहीं करता, किन्तु वह संकल्प-विकल्प रहित होकर अपने सत्य स्वरूप में स्थित रहने की कामना अवश्य करता है। यह कामना स्वाभाविक और जीवन-स्तर को ऊँचा उठाने-वाली होती है ॥३१॥

सूत्र : ३२

तत्त्वं यथार्थमाकर्ण्य मन्दः प्राप्नोति मूढताम्।
अथवा याति संकोचममूढः कोऽपि मूढवत् ॥३२॥

अज्ञानी तत्त्व-ज्ञान को सुनकर भी मूढ़ बना रहता है अथवा अपने चित्त को समाधि की ओर लगाता है, किन्तु यथार्थ तत्त्व-ज्ञान के बाद मन सन्मार्ग की ओर प्रवृत्त अवश्य होता है। और नहीं तो, प्रवृत्तियों का नियन्त्रण तो करता ही है। कुछ ऐसे भी होते हैं, जो तत्त्व-ज्ञान प्राप्त करने के बाद शान्त मन से सब साँसारिक व्यवहार यथावत करते रहते हैं और उनमें लिप्त नहीं होते, मानो बिना ऊहापोह के सबकुछ मूढ़ के समान ही कर रहे हों। ॥३२॥

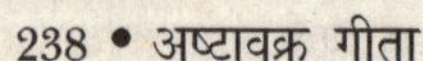

सूत्र : ३३

एकग्रता निरोधो वा मूढैरभ्यस्यते भृशम्।
धीराः कृत्यं न पश्यन्ति सुप्तवत्स्वपदे स्थिताः ॥३३॥

चित्त को एकाग्र करने या प्रवृत्तियों के दमन का निरन्तर अभ्यास तो वही करते हैं, जो आत्मा के सत्य स्वरूप से अनजान रहते हैं। ज्ञानी व्यक्ति को कठिन साधना या अखंड अभ्यास की कोई आवश्यकता नहीं होती। वह तो संसार को स्वप्नवत मानकर सहज ही आत्म-स्वरूप में स्थित रहता है ॥३३॥

सूत्र : ३४

अप्रयत्नात्प्रयत्नाद्वा मूढा नाप्नोति निवृतिम्।
तत्त्वनिश्चियमात्रेण प्राज्ञो भवति निवृतः ॥३४॥

मूर्ख या अज्ञानी व्यक्ति तो प्रायः कठिन साधना या अखंड अभ्यास के बाद भी सच्ची निवृत्ति नहीं पाता, वरन् उसका मन चंचल ही रहता है। इससे भिन्न स्थित-प्रज्ञ ज्ञानी एक बार प्रवृत्ति रहित होने का निश्चय करके सदा के लिए निष्काम कर्म करने के मार्ग पर सदा, निश्चित होकर चलता है ॥३४॥

सूत्र : ३५

शुद्धं बुद्धं प्रियं पूर्णं निष्प्रपञ्चं निरामयम्।
आमानं तं न जानन्ति तत्राभ्यासपरा जनाः ॥३५॥

कठोर साधना और अभ्यास के मार्ग पर चलने वाले साधक को आत्मा के सच्चे स्वरूप का आभास नहीं मिलता जो पूर्ण शुद्ध, चैतन्य, प्रपंचहीन, अविकारी और दुःख रहित है ॥३५॥

सूत्र : ३६

नाप्नोति कर्मणा मोक्षं विमूढोऽभ्यासरूपिणा।
धन्यो विज्ञानमात्रेण मुक्तस्तिष्ठत्यविक्रियः ॥३६॥

आत्म-ज्ञान से अनजान मनुष्य को केवल कर्म से, निरन्तर अभ्यास या निरोध से मोक्ष प्राप्त नहीं होता। मोक्ष-वृद्धि उसी व्यक्ति की होती है या मुक्तावस्था में स्थिर रहता है और जो आत्मा के स्वरूप-ज्ञान से मुक्त होता है ॥३६॥

सूत्र : ३७

मूढो नाप्नोति तद्ब्रह्म यतो भवितुमिच्छति।
अनिच्छन्नपि धीरो हि परब्रह्मस्वरूपभाक् ॥३७॥

ज्ञान रहित मनुष्य केवल चित्त-वृत्तियों को निरोध द्वारा ब्रह्मस्वरूप होने की कामना करता है, किन्तु उसकी यह इच्छा पूरी नहीं होती। ज्ञान-सम्पन्न व्यक्ति को इच्छा करने की आवश्यकता ही नहीं होती। वह तो ज्ञान-मात्र से मुक्त हो जाता है ॥३७॥

सूत्र : ३८

निराधाराग्रहव्यग्रा मूढाः संसारपोषकाः।
एतस्यानर्थमूलस्य मूलच्छेदः कृतो बुधैः ॥३८॥

आत्म-ज्ञान से शून्य मनुष्य केवल चित्त-वृत्ति से निरोध से मुक्त होने का दुराग्रह करता है। यह आग्रह उसे सांसारिक बन्धनों में और भी अधिक बाँधने वाला हो जाता है। इसीलिए आत्म-बोध प्राप्त करने वाले ज्ञानियों ने संसार का ही अनर्थों का मूल जानकर उसे मिथ्या कह दिया है और इस प्रकार अज्ञान का मूलोच्छेद कर दिया है ॥३८॥

सूत्र : ३९

न शान्तिं लभते मूढो यतः शमितुमिच्छति।
धीरस्तत्त्वं विनिश्चत्य सर्वदा शांतमानसः ॥३९॥

अष्टावक्र जी कहते हैं कि हे जनक! इच्छा ही अशान्ति का मूल है, अतः शान्त होने की इच्छा भी अशान्ति का कारण बन जाती है। आत्म-ज्ञानी व्यक्ति इच्छा नहीं करता, अपितु तत्त्व-ज्ञान प्राप्त करता है, तब उसे स्वतः शान्ति मिल जाती है। उसका मन सहज शान्ति प्राप्त कर लेता है ॥३६॥

सूत्र : ४०

क्वात्मनो दर्शनं तस्य यद् दृष्टमवलम्बते।
धीरास्तं तं न पश्यन्ति पश्यन्त्यात्मानमव्ययम् ॥४०॥

प्रत्यक्ष दिखनेवाली वस्तु के अस्तित्व पर ही विश्वास करनेवाले मनुष्य को आँखों से न दिखनेवाली आत्मा का दर्शन कैसे होगा? ज्ञानी वह है जो प्रत्यक्ष को महत्व न दे, उसे मिथ्या माने और प्रत्यक्ष न दिखनेवाली अनिवासी आत्मा को ज्ञान की आँखों से देखे। अप्रत्यक्ष आत्मा ही आत्म-दर्शन कर सकती है ॥४०॥

सूत्र : ४०

क्व निरोधो विमूढऽस्य यो निर्बन्धं करोति वै।
स्वारामस्यैव धीरस्य सर्वदासावकृत्रिमः ॥४०॥

हठपूर्वक चित्त-वृत्तियों का निरोध करनेवाले अज्ञानी मनुष्य का चित्त कदापि निरोध का फल प्राप्त नहीं करता। आत्म-ज्ञानी का मन ज्ञान मात्र से, स्वरूप-ज्ञान से, विश्वास से ही स्वयं निरुद्ध-चित्त या संयत हो जाता है जैसे सूर्य के प्रकाश से अंधकार स्वयं मिट जाता है ॥४१॥

सूत्र : ४२

भावस्य भावकः कश्चिन् न किंचित् भावकोऽपरः।
उभयाभावकः कश्चिदेवमेव निराकुलः ॥४२॥

कोई व्यक्ति यह मानता है कि जो जैसा व्यक्ति है, वह वैसा ही सत्य है, अर्थात् भावरूप पदार्थ ही सत्य है। दूसरा यह मानता है कि अभाव-अव्यक्त ही सत्य है, क्योंकि अव्यक्त से ही व्यक्त का निर्माण हुआ है। कुछ विरले व्यक्ति ही ऐसे होते हैं, जो भाव-अभाव व्यक्त-अव्यक्त दोनों की चिन्ताओं से मुक्त हैं, वस्तुतः वे ही निश्चिन्त हैं और वे ही आत्मानन्द में मग्न रहते हैं ॥४२॥

सूत्र : ४३

शुद्धमद्वयमात्मानं भावयन्ति कुबुद्धयः।
न तु जानन्ति संमोहाद्यावज्जीवमनिर्वृता ॥४३॥

बुद्धिहीन व्यक्ति शुद्ध अद्वैत आत्मा की केवल कल्पना करते हैं। ज्ञान द्वारा इस कल्पना का आधार पाने का यत्न नहीं करते। उन्हें आत्मा का साक्षात्कार नहीं होता। वे आत्मानुभव के आनन्द से वंचित ही रह जाते हैं। सम्यक् ज्ञान के बिना निर्णयात्मिका बुद्धि नहीं बनती और संतोष का अनुभव नहीं होता ॥४३॥

सूत्र : ४४

मुमुक्षोर्बुद्धिरालम्बमन्तरेण न विद्यते।
निरालम्बैव निष्कामा बुद्धिर्मुक्तस्य सर्वदा ॥४४॥

दृढ़ निश्चय पर पहुँचने के लिए बुद्धि को सम्यक् ज्ञान का अवलम्बन लेना पड़ता है। निरावलम्ब बुद्धि ज्ञान बिना पुनः संसार का अवलम्ब ढूँढती है। ज्ञान का आधार पाकर जीवन्मुक्त व्यक्ति ही सदा निष्काम और स्वतः अपना आधार अपने आप ही बनकर रहता है ॥४४॥

सूत्र : ४५

विषयद्वीपिनो वीक्ष्य चकिताः शरणार्थिनः।
विशन्ति झटिति क्रोडं निरोधैकाग्रसिद्धये ॥४५॥

आत्म-ज्ञान के बिना जो मूर्ख जीवन्मुक्त होना चाहते हैं, उनकी मनःस्थिति वैसी ही रहती है जैसी किसी व्याघ्र को देखकर अपनी रक्षा का यत्न करनेवाले की होती है। वह अपनी रक्षा हेतु कंदरा में प्रवेश करने का यत्न करे, फिर भी अपनी रक्षा न कर सके। जीवन्मुक्त व्यक्ति विषय रूपी व्याघ्र को देखकर उसके मिथ्या होने का ज्ञान होने के कारण उनके भय से स्वतः मुक्त रहता है ॥४५॥

सूत्र : ४६

निर्वासनं हरिं दृष्ट्वा तूष्णीं विषयदन्तिनः।
पलायन्ते न शक्तास्ते सेवन्ते कृतचाटवः ॥४६॥

वासना रहित मनुष्य ऐसे शेर की तरह हो जाता है, जिसे देखकर विषय-विकार, चाहे वे हाथी की तरह विशालकाय क्यों न हों, दूर भाग जाते हैं और असमर्थ होकर चुपचाप पीछे हट जाते हैं। उनका रूप-रंग ही बदल जाता है। ये आवेश अभिशाप बनकर, ईश्वर प्रेरित वरदान बन जाते हैं और उसके सेवक, और संसारी जीवन को विधिवत् निभाने में सहयोगी भी बन जाते हैं ॥ ॥४६॥

सूत्र : ४७

न मुक्तिकारिकां धत्ते निःशंको युक्तमानसः।
पश्यञ्शृण्वंस्पृशञ्जिघ्रन्नश्नन्नास्ते यथासुखम् ॥४७॥

ऐसा जीवन्मुक्त नर-सिंह व्यक्ति कर्म-योग के तथाकथित मोक्षप्रद कार्यकलाप, यम-नियमादि का पालन दुराग्रहपूर्वक नहीं, अपितु निश्चित, शान्त भाव से ज्ञानपूर्वक अनायास करता है। जीवन के सब कार्य-देखना, सुनना, सूँघना, भोजन करना आदि सहज सुखपूर्वक करते हुए भी उनमें लिप्त नहीं रहता ॥४७॥

सूत्र : ४८

वस्तुश्रवणमात्रेण शुद्धबुद्धिर्निराकुलः।
नैवाचारमनाचारमौदास्यं वा प्रपश्यति ॥४८॥

अष्टावक्र जी कहते हैं कि तत्त्व-ज्ञान द्वारा शुद्ध और स्वस्थ्य हुए मन वाला जीवन्मुक्त व्यक्ति संसारी आचार-व्यवहार के प्रति न तो अनुराग दिखलाता है और न ही वैराग्य। अपनी अन्तःप्रेरणा से अनायास सब कर्म-कर्तव्य, उनमें लगाव हुए बिना, उदासीन भाव से वह करता चलता है ॥४८॥

सूत्र : ४९

यदा यत्कर्तुमायाति तदा तत्कुरुते ऋजुः।
शुभं वाप्यशुभं वापि तस्य चेष्टा हि बालवत् ॥४९॥

आत्म-ज्ञान से जीवन्मुक्त हुआ मनुष्य सन्मार्ग पर चलते हुए जो कर्तव्य-कार्य, जिस समय जो सामने आ जाए, उसे सहज भाव से कर देती है। उसे उसमें लाभ-हानि या उसके सफल या निष्फल होने की कदाचित् चिन्ता नहीं होती, क्योंकि उसके वे सब कार्य अबोध बालव्रत किए हुए प्रतीत होते हैं ॥४९॥

सूत्र : ५०

स्वातन्त्र्यात्सुखमाप्नोति स्वातन्त्र्याल्लभते परम्।
स्वातन्त्र्यान्निर्वृतिं गच्छेत्स्वातन्त्र्यात्परमं पदम् ॥५०॥

जीवन्मुक्त व्यक्ति पराधीन होकर या विवशतापूर्वक अपने कार्य नहीं करता वरन् स्वतन्त्र मन से करता है, इसलिए उसे अपने कार्यों से सुख मिलता है। स्वाधीनता की यह भावना उसे सच्चा ज्ञान पाने में और भी सहायक होती है। यही भावना उसे निर्वृत्ति दिलाने और परमपद या ब्रह्मपद की अनुभूति करवाने का मार्ग प्रशस्त करती है ॥५०॥

सूत्र : ५१

अकर्त्तृत्वमभोक्तृत्वं स्वात्मनो मन्यते यदा।
तदा क्षीणा भवन्त्ये समस्ताश्चित्तवृत्तयः ॥५१॥

जब मनुष्य को विश्वास हो जाए कि उसकी आत्मा अपने सच्चे स्वभाव से न तो कुछ करती है और ना ही भोगती है, तब उसकी सारी चित्त-वृत्तियाँ स्वयं शान्त हो जाती हैं। किन्तु ऐसा होता तभी है, जब अपने आप का ज्ञान हो जाए अकर्ता या अपभोक्ता कहने भर से कुछ नहीं होता। उसके अनुसार आचरण होना भी आवश्यक है ॥५१॥

सूत्र : ५२

उच्छृङ्लाप्यकृतिका स्थितिर्धीरस्य राजते।
न तु सस्पृहचित्तस्य शांतिर्मूढस्य कृत्रिमा ॥५२॥

निश्चयात्मक बुद्धिवाले ऐसे आत्म-ज्ञानी पुरुष का किसी कारणवश कदाचित् अशान्त होना भी स्वाभाविक होने के कारण, अशोभनीय प्रतीत नहीं होता। किन्तु संशयात्मक बुद्धिवाले अज्ञानी व्यक्ति का कभी-कभार शान्त रहना ही बनावटी होने के कारण अशोभनीय प्रतीत होता है ॥५२॥

सूत्र : ५३

विलसन्ति महाभोगैर्विशन्ति गिरिगह्वरान।
निरस्तकल्पना धीरा अबद्धा मुक्तबुद्धयः॥५३॥

यदि आत्म-ज्ञानी का ज्ञान परिपक्व हो चुका है और उसकी कल्पित इच्छाओं और राग-विराग के बन्धनों से सहज मुक्ति हो चुकी है, तो कदाचित प्रारब्धवश, उसे संसारी भोगलीला करनी भी पड़े तब भी वह लीला में लिप्त नहीं होता। वह निष्काम भाव से कर्म करते हुए भी कर्म-बन्धन में नहीं फँसेगा ॥५३॥

सूत्र : ५४

श्रोत्रियं देवतां तीर्थमङ्गनां भूपतिं प्रियम्।
दृष्ट्वा सम्पूज्य धीरस्य न कापि हृदि वासना ॥५४॥

ऐसा जीवन्मुक्त व्यक्ति विद्वानों, तीर्थ स्थलों और देव-पुरुषों की पूजा करके एवं नारी, राजा, पुत्र-पौत्रादि के संग रहकर भी निःसंग और निर्लिप्त रहेगा। इनके संसारी व्यवहार करता हुआ भी वह किसी वासना का शिकार नहीं होगा और मोह, शोक, माया, ममता की जंजीरों में नहीं बंधेगा ॥५४॥

सूत्र : ५५

भृत्यैः पुत्रैः कलत्रैश्च दौहित्रैश्चापि गोत्रजैः।
विहस्य धिक्कृतो योगी न याति विकृतिंमनाक् ॥५५॥

इस प्रकार के सच्चे आत्म-ज्ञानी का यदि उसके पुत्र-पौत्र या बन्धु-बान्धव तिरस्कार कर दें या अपमान करके लांछित कर दें, तो भी उसके मन में कोई क्षोभ नहीं होगा। वह सभी प्रकार के मानापमान, स्वार्थपूर्ण योग-वियोग और राग-विराग से सदा अछूता रहेगा ॥५५॥

सूत्र : ५६

सन्तुष्टोऽपि न सन्तुष्टः खिन्नोऽपि न च खिद्यते।
तस्याश्चर्यदशां तां तां तादृशा एव जानते ॥५६॥

लोक-दृष्टि से सन्तुष्ट या असन्तुष्ट प्रतीत होने-वाला आत्म-ज्ञानी तत्त्वतः सन्तोष-असन्तोष की भावनाओं से ऊपर रहता है। लोक-दृष्टि से दुःखी प्रतीत होता हुआ भी वह तत्त्वतः दुःख ग्रस्त नहीं होगा। उसकी मनःस्थिति का अनुमान केवल वही लगा सकते हैं, जो स्वयं आत्म-ज्ञानी होने का अनुभव कर चुके हैं। ॥५६॥

सूत्र : ५७

कर्तव्यतैव संसारो न तां पश्यन्ति सूरयः।
शून्याकारा निराकारा निर्विकारा निरामयाः ॥५७॥

कर्तव्य-कार्य करने का संकल्प ही सब सांसारिक व्यवहार का मूल कारक है। आत्म-ज्ञान द्वारा मुक्त पुरुष इन बन्धन से भी मुक्त होता है। वह संकल्प मात्र से ही शून्य होता है, शून्याकार होता है। मानसिक-दैहिक विकारों से रहित होने से वह निर्विकार निरामय होता है। सब बन्धनों से मुक्त होने के कारण वह 'निराकार' भी कहलाता है ॥५७॥

सूत्र : ५८

अकुर्वन्नपि संक्षोभाद्व्यग्रः सर्वत्र मूढधीः।
कुर्वन्नपि तु कृत्यानि कुशलो हि निराकुलः ॥५८॥

अज्ञानी मूर्ख जब कर्महीन होता है, तब भी उसका मन शान्त नहीं होता। वह मन में संकल्प-विकल्प होने और संकल्प-पूर्ति न होने के कारण क्षुब्ध रहता है, जो कर्तव्य-कर्म करते हुए भी मानसिक दृष्टि से क्षोभ-रहित रहे, कुशलता से कर्तव्य-कर्म करते हुए भी कभी व्याकुल न हो ॥५८॥

सूत्र : ५९

सुखमास्ते सुखं शेते सुखमायाति याति च।
सुखं वक्तिसुखं भुङ्क्तेव्यवहारेऽपि शान्तधीः ॥५९॥

ऐसा जीवन्मुक्त व्यक्ति प्रत्येक कर्तव्य-कर्म सुखपूर्वक कर लेता है। वह सुखपूर्वक उठता-बैठता है, सुखपूर्वक आता-जाता है, सुखपूर्वक भोजन करता है और संयमपूर्वक योग्य वस्तु का भोग भी करता है ॥५९॥

सूत्र : ६०

स्वभावाद्यस्य नैवार्तिर्लोकवद्व्यवहारिणः।
महाहृद इवाक्षोभ्यो गतक्लेशः स शोभते ॥६०॥

आत्म-ज्ञानी सम्पन्न व्यक्ति मिथ्या लोक-व्यवहार के वश में नहीं होता अपितु स्वभाव से यथावत आचरण करता है। वह समुद्र के समान शान्त-गंभीर रहता है, कभी चंचल और उच्छृंखल नहीं होता क्योंकि उसने आत्म-ज्ञान को अपने स्वभाव का अंग बना लिया है ॥६०॥

सूत्र : ६१

निवृत्तिरपि मूढस्य प्रवृत्ति रुपजायते।
प्रवृत्तिरपि धीरस्य निवृत्तिफलभागिनी ॥६१॥

अज्ञानी मूर्ख व्यक्ति निवृत्त होने का अभिमान करते हुए भी सांसारिक लोकाचार में प्रवृत्त ही रहता है। ज्ञान सम्पन्न व्यक्ति संसारी कार्यों का निर्वाह करते हुए भी मन में निवृत्त हो जाएगा और उसे निवृत्त होने का लाभ भी मिलेगा ॥६१॥

सूत्र : ६२

परिग्रहेषु वैराग्यं प्रायो मूढस्य दृश्यते।
देहे विगलिताशस्य क्व रागः क्व विरागिता ॥६२॥

वैरागी कहे जानेवाले पुरुषों का वैराग्य प्रायः धन-संचय के त्याग तक ही सीमित रहता है। सच्चा वैराग्य तभी होता है, जब अपने शरीर से वैराग्य हो जाए। ऐसे सच्चे वैरागी को ज्ञान-विराग दोनों से ही दूर रहने की इच्छा करनी चाहिए। देह का अभिमान जब तक शेष रहता है, तब तक व्यक्ति का राग-विराग विद्यमान रहता है ॥६२॥

सूत्र : ६३

भावनाभावनासक्ता दृष्टिर्मूढस्य सर्वदा।
भाव्यभावनया सा तु स्वस्थ्यादृष्टिरूपिणी ॥६३॥

अज्ञानी व्यक्ति की दृष्टि संकल्प-विकल्प, 'आदि-नास्ति' आदि संशयों में आसक्त होकर भटकती रहती है। ज्ञान-सम्पन्न व्यक्ति अनासक्त रहता है, इसलिए उसकी दृष्टि परस्पर विरोध भावना-अभावना का व्यवहार करते हुए भी आसक्तिहीन रहती है। दृश्य जगत को देखता हुआ भी वह दृष्टि-शून्य रहता है, देखता हुआ भी नहीं देखता (उसकी दृष्टि सर्वदा अपनी आत्मा में ही रहती है।) ॥६३॥

सूत्र : ६४

सर्वारम्भेषु निष्कामो यश्चरेद्बालवन्मुनिः।
नलेपस्तस्यशुद्धस्य क्रियमाणोऽपिकर्मणि ॥६४॥

स्थित-प्रज्ञ व्यक्ति सभी चेष्टाएँ निष्काम भाव से बालक के समान करता है, तो वह प्रारब्धवश प्राप्त सब कार्य करता हुआ भी उनमें लिप्त नहीं होता और कर्मफल की आकांक्षा न होने से कदाचित् दुःखी नहीं होता ॥६४॥

सूत्र : ६५

स एव धन्य आत्मज्ञः सर्वभावेषु यः समः।
पश्यन्शृण्वन्स्पृशञ्जिघ्रन्नश्ननिस्तर्षमानसः ॥६५॥

वह प्रज्ञावान आत्म-ज्ञानी धन्य है, जो सभी कालों और सब परिस्थितियों में समभाव रहता है। वह अनासक्त भाव से सब देखता, सुनता, छूता, सूँघता और खाता-पीता हुआ भी सदैव तृष्णा रहित शान्त-चित्त रहता है ॥६५॥

सूत्र : ६६

क्व संसारः क्व चाभासः क्व साध्य क्व च साधनं।
आकाशस्येव धीरस्य निर्विकल्पस्य सर्वदा ॥६६॥

स्वच्छ आकाश की तरह निर्विकल्प व्यक्ति की दृष्टि में संसार और उसके आभास का कोई अस्तित्व नहीं होता। उसके लिए किसी साध्य और साधना का होना भी आवश्यक नहीं। उसे न तो अपना कोई स्वार्थ सिद्ध करना होता है, न ही उसके लिए साधना की कोई आवश्यकता होती है ॥६६॥

सूत्र : ६७

स जयत्यर्थसंन्यासी पूर्णस्वरसविग्रहः।
अकृत्रिमोऽनवच्छिन्ने समाधिर्यस्य वर्तते ॥६७॥

वही व्यक्ति जीवन्मुक्त होकर दुःखों पर विजय पाता है, जिसके मन में कोई विग्रह अथवा द्वन्द्व नहीं होता। जो किसी फल की आकांक्षा से कर्म नहीं करता और अपने सच्चे स्वरूप का ज्ञान पाकर उसमें ही पूर्णरूपेण समाधिस्थ हो जाता है, उसका अपने स्वरूप में समाधिस्थ होना कृत्रिम साधनों से नहीं अपितु स्वभाववश होता है ॥६७॥

सूत्र : ६८

बहुनात्र किमुक्तेन ज्ञाततत्त्वो महाशयः।
भोगमोक्षनिराकांक्षी सदा सर्वत्र नीरसः ॥६८॥

अब और अधिक क्या कहूँ, सारतत्त्व यही है कि जो ज्ञानी संसार के भोगों और भोगों के सुख से मुक्त होने की आकांक्षा से भी रहित है, वही सच्चा जीवन्मुक्त है। उसके हृदय में कोई सन्देह-संशय नहीं रहता वरन् वह सदैव समरस रहता है ॥६८॥

सूत्र : ६९

महदादि जगद्द्वैतं नाममात्रविजृम्भितम्।
विहाय शुद्धबोधस्य किं कृत्यमवशिष्यते ॥६९॥

महत्तत्व (अर्थात् महत, अहंकार पंचतन्मात्र, पंच महाभूत) आदि से निर्मित जो कार्य रूप जगत है, वह भिन्न-भिन्न रूपों मे बँटा हुआ नाम मात्र को है। उसकी प्रीति मिथ्या है, भ्रम है तथा भ्रान्त व्यक्ति की कल्पना मात्र है। जिस ज्ञानी ने आत्मा के सच्चे स्वरूप को आत्मसात् कर लिया है, उसके लिए, इस मिथ्याजाल में फँसकर कर्तव्य-कर्म करने की अनिवार्यता भी नहीं होती ॥६९॥

सूत्र : ७०

भ्रमभूतमिदं सर्वं किंचिन्नास्तीति निश्चयी।
अलक्ष्यस्फुरणः शुद्धःस्वभावेनैव शाम्यति ॥७०॥

आत्मा के चैतन्य स्वरूप की अधिष्ठित होने के बाद जीवन्मुक्त व्यक्ति को जड़ जगत के प्रपंच में कुछ भी सत्य प्रतीत नहीं होता। यह प्रतीति जब निश्चयात्मक हो जाती है, तो ज्ञानी का मन सदा के लिए प्रशान्त हो जाता है और फिर उसको कुछ भी कर्तव्य शेष कदापि नहीं रहता ॥७०॥

सूत्र : ७१

शुद्धस्फुरणरूपस्य दृश्यभावमपश्यतः।
क्व विधिः क्ववैराग्यं क्व त्यागः क्व शमोऽपि वा ॥७१॥

जो ज्ञानी अपनी अन्तःस्थित आत्मा के ज्योतिर्मय शुद्ध स्वरूप (चिद्रूप) को देख लेता है, वह बाह्य जगत की दृश्यमान नाना वस्तुओं को अनदेखा कर देता है। उसके लिए सभी कर्म-विधान, राग-विराग, भोग-त्याग और दमन-शमन के साधना-प्रयत्न निष्प्रयोजन हो जाते हैं ॥७१॥

सूत्र : ७२

स्फुरतोऽनन्तरूपेण प्रकृतिं च न पश्यतः।
क्व बन्धः क्व च वा मोक्षः क्व हर्षः क्व विषादिता ॥७२॥

जो आत्मदर्शी ज्ञानी अनन्त रूपों में अभिव्यक्त प्रकृतियों जड़-जगत को भी देखने के लिए आकर्षित नहीं होता, उसके लिए बन्धन कहाँ? मोक्ष कहाँ? हर्ष कहाँ? विषाद कहाँ? माया के इन सब रूपों में उसकी कोई आसक्ति नहीं रह जाती ॥७२॥

सूत्र : ७३

बुद्धिपर्यंतसंसारे मायामात्रं विवर्तते।
निर्ममो निरहंकारो निष्कामः शोभते बुधः ॥७३॥

जिस अल्प ज्ञानी संसार, जहाँ तक बुद्धि जाए, वहाँ तक सीमित होता है, यह उसकी कल्पना माया से आच्छादित संसार तक नहीं पहुँच पा ती है। आत्म-ज्ञानी मनुष्य ही इस सीमा को पार करके अहंकार और माया-मोह से ऊपर उठकर आत्म-प्रकाश में शोभित होता है ॥७३॥

सूत्र : ७४

अक्षयं गतसन्तापमात्मानं पश्यतो मुनेः।
क्व विद्या च क्व वा विश्वं क्व देहोऽहं ममेति वा ॥७४॥

अजर-अमर आनंदस्वरूप आत्मा की अनुभूति कर लेने के बाद आत्मदर्शी ज्ञानी के लिए सभी परा-अपरा विद्या, शास्त्र और विश्व का सब ज्ञान निरर्थक हो जाता है। उसके लिए तो अपनी देह के प्रति भी अहं भाव नहीं रहता ॥७४॥

सूत्र : ७५

निरोधादीनि कर्माणि जहाति जडधीर्यदि।
मनोरथान्प्रलापांश्च कर्तुमाप्नोत्यतत्क्षणात् ॥७५॥

जड़ मति मनुष्य यदि चित्त-वृत्ति के निरोध तथा यम-नियम आदि कर्मों का परित्याग कर दे, तो वह अज्ञानी उन्मत्त होकर अपने मनोरथों को प्राप्त करने का यत्न करता है और उनमें विफल मनोरथ होने पर हताश हो व्यर्थ प्रलाप द्वारा शान्त होने का यत्न करता है ॥७५॥

सूत्र : ७६

मन्दः श्रुत्वापि तद्वस्तु न जहाति विमूढताम्।
निर्विकल्पो बहिर्यत्नादन्तर्विषयलालसः ॥७६॥

मन्द बुद्धि मनुष्य अन्तरात्मा की आवाज सुनकर भी अपनी अहंकार-जन्य मूर्खता का त्याग नहीं करता। अपने बाहरी आचरणों से स्वयं को निर्लिप्त दिखाते हुए भी मन-ही-मन-विषय-भोग की लालसा में डूबा रहता है ॥७६॥

सूत्र : ७७

ज्ञानाद्गलितकर्मा यो लोकदृष्ट्यापि कर्मकृत्।
नाप्नोत्यवसरं कर्मं वक्तुमेव न किञ्चन ॥७७॥

इसके विपरीत आत्म-ज्ञान की सिद्धि के कारण जो व्यक्ति कर्म-फल की आकांक्षा से मुक्त हो गया है, वह व्यावहारिक जगत में कर्मशील होता हुआ भी, न तो कर्मठ होने का दावा करता है, और ना ही किसी इच्छा या लालसा के वशीभूत होकर कार्य करता है ॥७७॥

सूत्र : ७८

क्व तमः क्व प्रकाशो वा हानं क्व च न किञ्चन।
निर्विकारस्य धीरस्य निरातङ्कस्य सर्वदा ॥७८॥

जो ज्ञानी माया-मोह से मुक्त हो गया है, उसके लिए बाह्य प्रकाश और अन्धकार एक समान प्रतीत होते हैं। जिस मनुष्य का अन्तःकरण स्वतः प्रकाशित है, उसे हानि, लाभ के द्वन्द्वों से मुक्ति मिल जाती है। वह पूर्ण तृप्त और विकारहीन हो जाता है ॥७८॥

सूत्र : ७९

क्व धैर्य क्व विवेकित्वं क्व निरातङ्कतापि वा।
अनिर्वाच्यस्वभावस्य निःस्वभावस्य योगिनः ॥७९॥

निर्विकल्प स्वभाववाले योगी की दृष्टि में विवेक-अविवेक, धैर्य अधैर्य, मुक्ति-बन्धन आदि किसी भेद-अभेद का कोई अन्तर नहीं रहता ॥७६॥

सूत्र : ८०

न स्वर्गो नैव नरको जीवन्मुक्तिर्न चैव हि।
बहुनात्र किमुक्तेन योगदृष्ट्वा न किञ्चन ॥८०॥

ऐसे विचार शून्य जीव-मुक्त मनुष्य को स्वर्ग-नरक, मोक्ष-बन्धन आदि विकल्पों में से किसी की अपेक्षा नहीं रहती। सर्वदा आत्मभाव में पूर्णतः रमने-वाले योगी की दृष्टि में किसी विकल्प का कोई महत्व नहीं रह जाता। उसके लिए अजर-अमर आत्मा के अतिरिक्त और कुछ भी नहीं रहता ॥८०॥

सूत्र : ८१

नैवं प्रार्थयते लाभं नालाभेनानुशोचति।
धीरस्य शीतलं चित्तममृतेनैव पूरितम् ॥८१॥

आत्म-ज्ञान सम्पन्न साधक न तो लाभ की प्रार्थना करता है और न हानि होने पर शोकातुर होता है। उसका मन सदैव शान्त-शीतल अमृत से परितृप्त रहता है। वह अपने अन्तर के आनन्द में मगन रहता है और कभी न्यूनाधिक आशा-अभिलाषा तक नहीं करता ॥८१॥

सूत्र : ८२

न शान्तं स्तौति निष्कामों न दृष्टमपि निन्दति।
समदुःखसुखस्तृप्तः किंचित्कृत्यं न पश्यति ॥८२॥

ज्ञान प्राप्त करके निष्काम कर्म करनेवाला साधक न तो किसी की स्तुति करता है और न दृष्ट का निन्दक बनता है। अपने आनन्द से परितृप्त होता हुआ, वह किसी प्रकार के कर्तृत्व बन्धन में नहीं बंधता और निरपेक्ष बुद्धि से सभी सुख-दुःख स्वयं भोगता है ॥८२॥

सूत्र : ८३

धीरो न द्वेष्टि संसारमात्मानं न दिदृक्षति।
हर्षामर्षविनिर्मुक्तो न मृतो न च जीवति ॥८३॥

आत्म-ज्ञानी संसार से द्वेष नहीं करता। संसार के सब कार्य उसके हाथों सहज रूप से होते जाते हैं। वह विषय-भोग के प्रति निष्काम बुद्धि रखता है, हर्ष-विषाद से भी विमुख रहता है और जन्म-मरण के प्रति भी उदासीन भाव ही रखता है। उसे तो आत्म-दर्शन की भी कदापि कामना नहीं रहती ॥८३॥

सूत्र : ८४

निःस्नेह पुत्रदारादौ निष्कामो विषयेषु च।
निश्चिन्तः स्वशरीरेऽपि निराशः शोभते बुधः ॥८४॥

ऐसा पूर्ण ज्ञानी परिवार स्त्री-पुत्र, पौत्रादि के प्रति भी मोह नहीं करता, वह तो स्वयं अपने शरीर को रोग-मुक्त करने की चिन्ता भी नहीं करता। वह सभी प्रकार के विषय-भोगों से निस्संग रहता हुआ, अपने अन्तर के आनन्द में ही रमा रहता है ॥८४॥

सूत्र : ८५

तुष्टि सर्वत्र धीरस्य यथापतितवर्तिनः।
स्वच्छन्दंचरतो देशान्यत्रस्तमितशायिनः ॥८५॥

सर्वत्र सर्वदा तुष्ट-तृप्त रहने वाला ज्ञानी प्रारब्ध से सहज-प्राप्त भोगों का सेवन करते हुए भी घर-परिवार की चिन्ता नहीं करता। वह तो जहाँ रात्रि हो गई, वहीं विश्राम कर लेता है और इसके मन में, अपने पराए का भेद शेष नहीं रहता ॥८५॥

सूत्र : ८६

पततूदेतु वा देहो नास्य चिन्ता महात्मनः।
स्वभावभूमिविश्रांतिविस्मृताशेषसंसृतेः ॥८६॥

उस महात्मा को अपने पार्थिव शरीर से मुक्त रहने या विमुक्त होने की चिन्ता ही नहीं रहती। पूर्णतः अन्तर्मुखी होकर वह अपने अन्तर के आनन्दमय स्वरूप में मग्न रहता है, शेष सबकुछ भूल जाता है। कुछ भी पाने या खोने की भावना उसके मन में नहीं रहती ॥८६॥

सूत्र : ८७

अकिञ्चनः कामचारो निर्द्वन्द्वश्छिन्नसंशयः।
असक्तः सर्वभावेषु केवलो रमते बुधः ॥८७॥

वह सब प्रकार के विधि-निषेधों से विमुख होकर सर्वथा निर्द्वन्द्व, निर्विकार एवं निरासक्त रहता है। वह भावाभाव में समदृष्टि रखते हुए, सभी परिस्थितियों में पूर्णतः तृप्त मन से रमण करता है। वह सुख-दुःख सभी संशयों में रहित किसी में आसक्ति नहीं रखता ॥८७॥

सूत्र : ८८

निर्ममः शोभते धीरः समलोष्टाश्मकाञ्चनः।
सुभिन्नहृदयग्रन्थिर्विनिर्धूतरजस्तमः ॥८८॥

आत्म-ज्ञान के परिपक्व होने पर वह माया-ममता का त्याग करके सब प्रकार के भेद-भावों से मुक्त हो जाता है। उसकी दृष्टि से कंकड और स्वर्णकण दोनों एक जैसे (सममूल्य) हो जाते हैं। उसके हृदय में कोई गाँठ नहीं रहती और वह रज-तम दोनों भावों से विरक्त हो जाता है ॥८८॥

सूत्र : ८९

सर्वत्रानवधानस्य न किंश्चिद्वासना हृदि।
मुक्तात्मनो वितृप्तस्य तुलना केन जायते ॥८९॥

विषय-भोग से सर्वथा निःसंग रहते हुए उसके हृदय में वासना और तृष्णा का लेश मात्र भी नहीं रहता। ऐसे सदा तृप्त सौम्य व्यक्ति की तुलना ज्ञानी के अतिरिक्त किसी के साथ नहीं की जा सकती ॥८९॥

सूत्र : ९०

जानन्नपि न जानाति पश्यन्नपि न पश्यति।
ब्रुवन्नपि न च ब्रूते कोऽन्यो निर्वासनादृते ॥९०॥

ऐसा परिपूर्ण जीवन्मुक्त मनुष्य आँखों से देखता हुआ भी नहीं देखता, जानते हुए भी नहीं जानता और बोलते हुए भी मौन रहता है। उसकी उपमा किसी से नहीं दी जा सकती। वह अपने-आपमें अनोखा ही होता है ॥९०॥

सूत्र : ९१

भिक्षुर्वा भूपतिर्वापि यो निष्कामः स शोभते।
भावेषु गलिता यस्य शोभनाशोभना मतिः ॥९१॥

जो निष्काम है, जिसे आँखों को सुन्दर लगनेवाले पदार्थ पाने की लालसा नहीं और न कुरूप चीज़ों के प्रति अरुचि है, जिसका सुन्दर-असुन्दर का भेद मिट चुका है, और सब परिस्थितियों में समरस रहने का स्वभाव बन गया है, वह चाहे भिक्षुक हो या राजा, श्रेष्ठ है, यशस्वी है ॥९१॥

सूत्र : ९२

**क्व स्वाच्छन्द्यं क्व संकोचः क्व वा तत्त्व विनिश्चयः।
निर्व्याजार्जवभूतस्य चरितार्थस्य योगिनः ॥९२॥**

जो निश्छल है, सरल हृदय यथार्थ योगी है। वह कभी स्वेच्छाचारी नहीं होगा और न स्वार्थी होगा। सत्य-असत्य के निर्णयों में उसे देर नहीं लगेगी। उसके मन में संशय भी नहीं होगा। वह स्वभाव से निस्पृह, निरीह और श्रेष्ठ आचरण करनेवाला होगा ॥९२॥

सूत्र : ९३

आत्मविश्रान्तितृप्तेन निराशेन गतार्तिना।
अन्तर्यदनुभूयेत तत्कथं कस्य कथ्यते ॥९३॥

सर्वथा आत्म-तृप्त आशा-निराशा से ऊपर उठे निष्काम कर्म-योगी का दृश्य जिस अलौकिक आनन्द का अनुभव करता है, उसे वाणी से कोई भी नहीं कह सकता। वह अनिर्वचनीय है, अनुपम है, स्वयंवेद्य है और शब्दों में उसका वर्णन नहीं हो सकता ॥९३॥

सूत्र : ९४

सुप्तोऽपि न सुषुप्तौ च स्वप्नेऽपि शयितो न च।
जागरेऽपि न जागर्ति धीरस्तृप्तः पदे पदे ॥९४॥

जीवन्मुक्त ज्ञानी सोते हुए भी सोता नहीं, स्वप्नावस्था में भी स्वप्निल नहीं होता और जागते हुए भी जागता नहीं होता। इन सब भिन्न कालों और परिस्थितियों में वह प्रतिक्षण समभाव से रहता है और उस अवस्था में पूर्ण तृप्त और पूर्ण समाहित रहता है ॥९४॥

सूत्र : ९५

ज्ञः सचिन्तोऽपि निश्चिन्तः सेन्द्रियोऽपि निरिन्द्रियः।
सुबुद्धिरपि निर्बुद्धि साहङ्कारोऽनहंकृतिः ॥९५॥

चिन्तन करते हुए भी वह निश्चित और इन्द्रियों से प्रवृत्त होता हुआ भी निरीन्द्रिय रहता है। बुद्धि से तर्क करते हुए भी वह तर्कहीन होता है और लोक-दृष्टि से अहंकारी प्रतीत होते हुए भी, यथार्थ में निरहंकारी ही रहता है। सर्वत्र आत्म-दृष्टि के कारण वह अपने ही आनन्द में मगन रहता है ॥९५॥

सूत्र : ९६

न सुखी न च वा दुःखी न विरक्तो न सङ्गवान्।
न मुमुक्षुर्न वा मुक्ता न किञ्चिन च किञ्चन ॥९६॥

लोक-दृष्टि से वह भले ही सुखी या दुःखी होता प्रतीत हो, किन्तु तत्त्वतः वह सुख-दुःख दोनों में एकरस रहता है। उसका अनुरागी या वैरागी दिखना भी सच नहीं होता। मुक्त होते हुए भी मुमुक्षु मालूम होता है, महान होते हुए भी क्षुद्र प्रतीत होगा। उसके जीवन में ऐसे विरोधाभास केवल प्रतीत होते हैं, वास्तव में सब नहीं होते ॥९६॥

सूत्र : ९७

विक्षेपेऽपि न विक्षिप्तः समाधौ न समाधिमान्।
जाड्येऽपि न जडो धन्यः पाण्डित्येऽपि न पण्डितः ॥९७॥

लोक-दृष्टि से विक्षिप्त प्रतीत होता हुआ भी, वह विक्षिप्त नहीं होता और समाधि में होते हुए भी समाधिगत नहीं लगता। जड़वत व्यवहार करते हुए भी यथार्थ में वह जड़ नहीं होता और पांडित्य होते हुए भी वह पंडित या विद्वान प्रतीत नहीं होता ॥९७॥

सूत्र : ९८

मुक्तो यथास्थितिस्वस्थः कृतकर्तव्यनिर्वृतः।
समः सर्वत्र वैतृष्ण्यान्न स्मरत्यकृतं कृतम् ॥९८॥

जीवन्मुक्त ज्ञानी प्रारब्धवश उपस्थित प्रत्येक परिस्थिति में स्वस्थ मन और प्रत्येक कर्म से सन्तुष्ट रहता है। मन में किसी भी प्रकार की तृष्णा या अतृप्ति न रहने से वह सर्वत्र समरस रहता है और अपने किए या न किए गए कार्यों को पुनः-पुनः स्मरण नहीं करता, क्योंकि उसमें किसी प्रकार का हठ या आग्रह नहीं होता ॥९८॥

सूत्र : ९९

न प्रीयते वन्द्यमानो निंद्यमानो कु कुप्यति।
नैवोद्विजति मरणे जीवने नाभिनन्दति ॥९९॥

वह दूसरों के द्वारा प्रशंसित होने पर अतिशय प्रसन्न नहीं होता अथवा निन्दा सुनकर क्रुद्ध भी कदापि नहीं होता। स्तुति या निन्दा का उसके मन में कोई प्रभाव नहीं पड़ता। मृत्यु के समय वह भयग्रस्त या उद्विग्न नहीं होता और दीर्घ जीवन पाने की स्थिति में आह्लादित भी नहीं होता ॥९९॥

सूत्र : १००

न धावति जनाकीर्णं नारण्यमुपशान्तधीः।
यथातथा यत्रतत्र सम एवावतिष्ठते ॥१००॥

जीवन्मुक्त मनुष्य के मन में न तो खूब चहल-पहलवाले महानगरों में रहने की घोषणा की तृष्णा होती है और न ही एकान्त वन की खोज करता है। वन में या नगर में, वह जहाँ भी हो, स्वस्थ मन से समभाव से रहता है। उसका मन राग-द्वेष से सर्वथा परे होने के कारण सदा तृप्त और तुष्ट रहता है ॥१००॥

उन्नीसवाँ प्रकरण

सूत्र : १

तत्त्वविज्ञानसंदशमादाय हृदयोदरात्।
नानाविधपरामर्शशल्योद्धारः कृतो मया ॥१॥

तत्त्व-ज्ञानी की सहज शान्ति कैसी होती है, इसका वर्णन गुरु-मुख से सुनकर राजा जनक अपनी शान्ति की अवस्था का वर्णन इस प्रकरण में करते हुए कहते हैं कि हे गुरो! मैंने आपके श्रीमुख से तत्त्व-ज्ञान की शिक्षा ग्रहण करके अपने हृदय में प्रविष्ट नाना विध संकल्प-विकल्प रूपी वाणों से मुक्ति प्राप्त कर ली है और मन के संशय दूर कर लिए हैं ॥१॥

सूत्र : २

क्व धर्मः क्व च वा काम, क्व चार्थः क्व विवेकिता।
क्व द्वैतं क्व च वाऽद्वैतं स्वमहिम्नि स्थितस्य मे ॥२॥

शिष्य कहता है कि अपने सत्य स्वरूप को जानने और अपनी महिमा में पूर्णतः प्रतिष्ठित होने के बाद अब मुझे यह जानने की आवश्यकता नहीं रही कि धर्म-अर्थ-काम-मोक्ष का स्वरूप क्या है? विवेक, द्वैत-अद्वैत आदि शब्दों के गूढ़-गहन अर्थ जानने की भी अनिवार्यता नहीं रही ॥२॥

सूत्र : ३

क्व भूतं क्व भविष्यद्वा वर्तमानमपि क्व वा।
क्व देशः क्व च वा नित्यं स्वमहिम्नि स्थितस्य मे ॥३॥

अपनी महिमा में स्थित होने के बाद अब मुझे यह जानने की भी आवश्यकता नहीं कि भूत कहाँ, भविष्यत् कहाँ और वर्तमान कहाँ है? मेरी दृष्टि में सब कालों का भेद लुप्त हो गया है। काल का नहीं, अब देश की सीमाएँ भी मेरी नज़र में नहीं रही, अपितु सर्वत्र समदृष्टि ही हो गई है ॥३॥

सूत्र : ४

क्व चात्मा क्व च वानात्मा क्व शुभं क्वाशुभंतथा।
क्व चिन्ता क्व च वाचिन्ता स्व महिम्नि स्थितस्य मे ॥४॥

अपनी महिमा को पहचान कर उसमें स्थित होकर सब मेरी दृष्टि में चेतन-अचेतन और शुभ-अशुभ के भेद का कोई महत्त्व नहीं रहा। मुझे चिन्ता और निश्चिन्तता की मनःस्थिति में कोई अन्तर दिखाई नहीं देता ॥४॥

सूत्र : ५

क्व स्वप्नः क्व सुषुप्तिर्वा क्व च जागरणं तथा।
क्व तुरीयं भयं वापि स्वेमहिम्नि स्थितस्य मे ॥५॥

अपने आत्मरूप में प्रतिष्ठित होने के बाद जागृति, स्वप्न या सुषुप्ति, सभी स्थितियों में मैं स्वयं को समभाव रखता हूँ। चरम सिद्धि की जिस तुरीय स्थिति को उच्चतम माना जाता है, वह भी मेरे लिए अब विशिष्ट नहीं रही ॥५॥

सूत्र : ६

क्व दूरं क्व समीपं वा बाह्यं क्वाभ्यन्तरं क्व वा।
क्व स्थूलं क्व च वा सूक्ष्मं स्वमहिम्नि स्थितस्य मे ॥६॥

अब क्या दूरी? क्या समीपता? क्या बाह्य, क्या अन्तर, क्या स्थूल और क्या सूक्ष्म? देश-काल के ये अन्तर मेरे लिए अब एक जैसे हो गए हैं। इनमें भेदभाव देखने की मेरी भ्रान्त दृष्टि समाप्त हो गई है ॥६॥

सूत्र : ७

क्व मृत्युर्जीवितं वा क्व लोकाः क्वास्य क्व लौकिकम्।
क्व लयः क्व समाधिर्वा स्वमहिम्न स्थितस्य मे ॥७॥

अपनी अनन्त विराट महिमा में स्थित होने के बाद अब मेरी दृष्टि से मृत्यु या जीवन, अथवा लौकिक-अलौकिक में कोई अन्तर ही नहीं रहा है। अब मुझे लय होने या समाधि में लीन होने की चिन्ता भी नहीं सताती है ॥७॥

सूत्र : ८

अलं त्रिवर्गकथया योगस्य कथयाऽप्यलम्।
अलं विज्ञानकथया विश्रान्तस्य ममात्मनि ॥८॥

मुझे अपनी आत्मा में ही विश्राम मिलता है। धर्म-अर्थ-काम-मोक्ष की चर्चा, योग-साधना या विज्ञान की कथा निष्प्रयोजन प्रतीत होती है। अब तो योगाभ्यास और ज्ञान-विज्ञान की खोज भी मुझे अपूर्ण मालूम होती है ॥८॥

बीसवाँ प्रकरण

सूत्र : १

क्व भूतानि क्व देहो वा क्वेन्द्रियाणि क्व वा मनः।
क्व शून्यं क्व च नैराश्यं मत्स्वरूपे निरंजने ॥१॥

ज्ञानियों की स्वभाव-भूत जीवन्मुक्ति दशा का वर्णन इस प्रकरण में है। अपने सत्य स्वरूप की पहचान होने के बाद ज्ञानी पुरुष कह उठता है कि मेरा सच्चा स्वरूप रूपरहित है। उसमें विद्या-अविद्या, अहंकार, अपना-पराया बन्धन-मोक्ष आदि विकल्पों का कोई स्थान नहीं, वह रूप तो निर्विकल्प और अनिर्वचनीय है ॥१॥

सूत्र : २

क्व शास्त्रं क्वात्मविज्ञानम् क्व वा निर्विषयं मनः।
क्व तृप्तिः क्व वितृष्णात्वम् गत द्वन्द्वस्य मे सदा ॥२॥

वह सब विकल्पों और द्वन्द्वों से रहित है। वह शास्त्रीय विधान, आत्मज्ञान एवं भौतिक विज्ञान के द्वन्द्वों से भी शून्य है। उस सत्य स्वरूप में न मन है, न वासना, न तृप्ति है न अतृप्ति और न तृष्णा है। मैं तो सर्वदा शान्त एकरस हूँ॥२॥

सूत्र : ३

क्व विद्या क्व च वाविद्या क्वाहं क्वेदं मम क्व वा।
क्व बन्धः क्व च वा मोक्षः स्वरूपस्य क्व रूपिता ॥३॥

मुझमें अविद्या आदि धर्म नहीं हैं। अहंकार, बाह्य वस्तु या ज्ञान का स्थान कहाँ है? मैं सम्बन्ध रहित हूँ और बन्धन-मोक्ष भी मेरे धर्म नहीं हैं। मेरे निर्विशेष स्वरूप से धर्म और वार्ता भी नहीं है और मेरे निर्धार्मिक स्वरूप में विद्या आदि धर्म का भी स्थान नहीं है ॥३॥

सूत्र : ४

क्वप्रारब्धानि कर्माणि जीवन्मुक्तिरपि क्व वा।
क्व तद्विदेहकैवल्यं निर्विशेषस्य सर्वदा ॥४॥

मेरे निरंजन, निर्विकल्प स्वरूप में आशा आदि पँच भूत नहीं हैं, देह नहीं है, मन नहीं, आशा नहीं, नैराश्य नहीं, शून्य भी नहीं और उसमें कोई द्वन्द्व भी नहीं है। मेरी दृष्टि में समस्त जगत आत्ममय हो गया है। मेरे लिए प्रारब्ध, जीवन्मुक्ति या देह-मुक्ति का भी महत्त्व नहीं, सब एकरस होकर कैवल्य में समा गया है ॥४॥

सूत्र : ५

क्व कर्ता क्व च वा भोक्ता निष्क्रियं स्फुरणं क्व वा।
क्वपरोक्षं फलं वा क्व निःस्वभावस्य मे सदा ॥५॥

एकमात्र विश्वात्म चेतना जागृत होने के बाद मुझमें पृथक कर्तृत्व का अहंकार नहीं रहा। भोक्ता होने या निष्क्रिय एवं भोग रहित होने की अहं भावना भी नहीं रही, चित्त-वृत्ति भी नहीं रही और प्रत्यक्ष परोक्ष फल की संभावना भी नहीं रही ॥५॥

सूत्र : ६

क्व लोकं क्व मुमुक्षुर्वा क्व योगी ज्ञानवान क्व वा।
क्व बद्धः क्व च वा मुक्तः स्वस्वरुपेऽहतद्वये ॥६॥

अद्वैत भाव जागृत होने के बाद और अपने सत्य-स्वरूप में प्रतिष्ठित होने के बाद लोक-लोकान्तर का भेद शेष नहीं रहा। न मैं मुमुक्षु हूँ और न योगी। न मुझमें ज्ञान का अहंकार है, न बन्धन-युक्त या बन्धन मुक्त होने की कामना है। इस प्रकार मुझ में सभी द्वैत भावों का लोप हो चुका है। शेष केवल अद्वैत आत्मा ही है ॥६॥

सूत्र : ७

क्व सृष्टिः क्व च संहारः क्व साध्यं क्व च साधनम्।
क्व साधकः क्व सिद्धिर्वा, स्वरूपेऽहमद्वये ॥७॥

अपने अद्वैत रूप में पूर्णतः प्रतिष्ठित होने से मेरी दृष्टि में न सृष्टि की भावना है, न संहार की, न साधन है, न सिद्धि है और न साधक है, वरन् सर्वत्र समभाव है। मुझ अद्वैत स्वरूप आत्मा में इनमें से कुछ भी नहीं है ॥७॥

सूत्र : ८

क्व प्रमाता प्रमाणं वा क्व प्रमेयं क्व च प्रमा।
क्व किंचित्क्व न किंचिद्वा सर्वदा विमलस्य मे ॥८॥

अपने सर्वतः निर्मलरूप में प्रतिष्ठित होने के बाद अब कहाँ प्रमाण, कहाँ प्रमाता और कहाँ प्रमा या कहाँ प्रमेय रहा? मुझमें कोई भेद बुद्धि नहीं रही। सब अद्वैत में समा गया। कुछ भी होने न होने का अहंकार भी नहीं रहा। अब मैं शुद्ध स्वरूप आत्मा ही तो हूँ ॥८॥

सूत्र : ९

क्व विक्षेपः क्व चैकाग्रयं क्व निर्बोधः क्व मूढ़ता।
क्व हर्षः क्व विषादो वा सर्वदा निष्क्रियस्य में ॥९॥

अब सर्वदा कर्तृव्य अहंकार से, कर्तृव्य भाव से मुक्त होने के कारण मेरी दृष्टि में न तो एकाग्रता का महत्व है, न चित्त की चंचलता के चित्त में, न अज्ञान है, न मूढ़ता है, न हर्ष है और न विषाद है ॥६॥

सूत्र : १०

क्व चैष व्यवहारो वा, क्व च स पमार्थता।
क्व सुखं क्व च वा दुःखं निर्विमर्शस्य मे सदा ॥१०॥

समस्त प्रकार के विचार-विमर्श से मुक्त नित्य सत्य रूप में एकात्म होने के बाद मुझमें न व्यावहारिक स्वार्थ-बुद्धि है और न परमार्थ भावना। ऐसी स्थिति में सुख या दुःख की अनुभूति भी शेष नहीं रही। अब सब प्रकार के विरोधाभासों का अन्त हो चुका है ॥१०॥

सूत्र : ११

क्व माया क्व च संसारः क्व प्रीतिर्विरतिः क्व वा।
क्व जीवः क्व च तद्ब्रह्म, सर्वदा विमलस्य मे ॥११॥

सर्वदा निर्मल आत्म-तत्व को जानने के बाद कहाँ माया, कहाँ संसार, कहाँ प्रीति और कहाँ विरक्ति? सबमें समभाव है। ब्रह्म और जीव में भी भेदभाव का लोप हो गया है और अब तो सबसे एकत्व की अनुभूति होती है ॥११॥

सूत्र : १२

क्व प्रवृत्तिर्निर्वृत्तिर्वा क्व मुक्तिः क्व च बन्धनम्।
कूटस्थनिर्विभागस्य, स्वस्थस्य मम सर्वदा ॥१२॥

सर्वदा आत्मस्थ स्थितप्रज्ञ होने के साथ पूर्णतः स्थिर गति और अखंडित अस्तित्व की भावना के बाद, प्रकृति-निवृत्ति और बन्धन-मोक्ष के द्वन्द्वों का भी स्वतः लोप हो गया है ॥१२॥

सूत्र : १३

क्वोपदेशः क्व वा शास्त्रं क्व शिष्यः क्व च वा गुरु।
क्व चास्ति पुरुषार्थो वा निरुपाधेः शिवस्य मे ॥१३॥

सर्वथा उपाधि रहित और शिव रूप होने का परिणाम है कि मेरे लिए अब शास्त्र-वचन, उपदेश, शिष्य-गुरु आदि व्यावहारिक दृष्टि से उपयोगी तत्त्वों का भी कोई महत्व नहीं रहा। अब पुरुषार्थ की उपयोगिता का भी कोई अस्तित्व नहीं रहा ॥१३॥

सूत्र : १४

**क्व चास्ति क्व च वा नास्ति क्वास्ति चैकं क्व द्वयम्।
बहुनात्र किमुक्तेन किञ्चिन्नेत्तिष्ठते मम ॥१४॥**

अधिक क्या कहूँ, अब अस्ति-नास्ति, 'यह है', 'यह नहीं है' कहाँ एक है, कहाँ दो है इत्यादि प्रश्न भी मेरे मन नहीं उठते। न कोई जिज्ञासा शेष है और न किसी समाधान की आवश्यकता रह गयी है ॥१४॥

•••